Herbert Friedmann

Die Mondgeliebte

 tredition®

Herbert Friedmann

DIE MONDGELIEBTE

Roman

©2016 Herbert Friedmann
Umschlaggestaltung unter Verwendung des Gemäldes *Die Lesende*
von Jean Jacques Henner. Das Original befindet sich im Musée
d'Orsay, Paris
Lektorat: Ulrieke Ruwisch

Verlag: tredition GmbH, Hamburg

ISBN
Paperback   978-3-7345-7566-2
Hardcover   978-3-7345-7567-9
E-Book   978-3-7345-7568-6

Printed in Germany

Für die unbiegsame Rose

Wie schön ist es zu träumen, dass alles, was wir geliebt haben,
immer und ewig um uns sein wird!
Gérard de Nerval, Aurelia

Wenn man jemanden wirklich liebt, muss man seine geheimnis-
volle Seite akzeptieren … Gerade darum liebt man ihn ja.
Patrick Modiano, Im Café der verlorenen Jugend

1

Ein Engel kam, umarmte ihn und flog wieder davon.

2

Zwei Menschen begegnen sich und erkennen die spiegelgleiche Seele. Das Vertrauen hat ein Zuhause gefunden. Aus der Vielzahl menschlicher Emotionen kristallisiert sich das größte und einzigartigste Gefühl heraus.

Ich liebe dich ... Drei Worte, die oft leichthin gesagt werden. Manchmal aus einem momentanen Überschwang heraus, durchaus wahr in der Sekunde, in der sie ausgesprochen werden.

Ich liebe dich ... Das umfasst nahezu alles, was einem anderen Menschen versprochen werden kann. Das Leben mit einem anderen teilen. Bei absolutem Vertrauen und vollster Loyalität.

Ich liebe dich ... So wie du bist. Das bedeutet, auch Schwächen zu tolerieren und den anderen nicht nach den eigenen Vorstellungen zu formen. Liebe kann nur in Freiheit gedeihen und bestehen.

Ich liebe dich ... Respektvoll miteinander umgehen, den Partner nicht als Besitz betrachten. Auch bei Spiegelgleichheit der Seelen bleibt jeder eine eigenständige Persönlichkeit, die er ist ...

Strömberg überlegte, ob er *Das Glück verdoppelt sich, wenn es geteilt wird* einfügen sollte, verwarf die Postkartenweisheit, fand es dagegen anmutig, einen Satz wie

Die Liebe höret nimmer auf an den Schluss des Hochzeits-verprechens zu setzen, das ihn beim zweiten Lesen sowohl rührte als auch betrübte. Es gab derzeit keine Frau in seinem Leben, der er etwas hätte versprechen können.

Er füllte ein Wasserglas mit billigem Merlot, führte die Überprüfung der Rechtschreibung durch, korrigierte die angezeigten Tippfehler, überflog den Text, fügte fehlende Kommata hinzu und verschickte die Auftrags-arbeit via Internet an die Wortagentur.

Seit zwei Jahren arbeitete er als Wortstricher, 1,4 Cent pro Wort, weit unterhalb des gesetzlichen Mindest-lohns, seit seine Bücher nur gelesen wurden, wenn er sie verschenkte.

In der Küche rauchte er eine Zigarette am offenen Fenster und schaute in den Berliner Himmel, der in dieser Aprilnacht wolkenverhangen war.

Keine Sterne über dem Wedding, der gewaltig im Kommen war, Bioläden neben den traditionellen Dönerbuden, auf den Straßen trabten zu jeder Tageszeit junge Jogger, die verkabelt waren, als kämen sie gerade vom Kardiologen. Steigende Mieten, kaum noch Leerstände. Vor zehn Jahren hatte Strömberg keine Kaution zahlen müssen und drei Monate die Nebenkosten erlassen bekommen.

Fast 200 Bewerber für eine Zweiraumwohnung in Moabit, hatte der Hausverwalter ihm kürzlich erzählt. Strömberg verdrängte den Gedanken, vielleicht bald selbst zu den Wohnungssuchenden zu gehören. Vor ein paar Monaten hatte er die Wohnungsbesitzerin auf der Straße getroffen, freundlich wie immer deutete sie an, in etwa einem Jahr Strömbergs 60 Quadratmeter für sich zu benötigen. Er könne sich ja schon einmal auf dem Wohnungsmarkt umschauen.

Strömberg schnickte die Kippe auf die Straße, wechselte ins Wohnzimmer, das zugleich seine Wortmanufaktur war, klickte sich auf die Webseite des Wörterdealers und hoffte, kurz nach Mitternacht eine Order zu erwischen, die ihm am nächsten Tag leicht von der Hand ginge.

Er mochte es, wenn zum Beispiel gewünscht wurde, einen bereits im Internet vorhandenen Text umzuschreiben, damit er nicht als Duplikat auffiel. Für einen seiner anonymen Kunden kürzte er gelegentlich

aktuelle Gerichtsurteile und übersetzte das Juristen-
deutsch in eine verständliche Sprache.

Lieber unbekannter Autor,

*auf der Suche nach einem Wortkünstler bin ich auf dieser Seite
gelandet und hoffe, einen einfühlsamen Schreiberling zu finden,
der in der Lage ist, eine erotisch-romantische Geschichte zu
verfassen. Der Inhalt soll in erster Linie Frauen um die 50
ansprechen. Bitte schreiben sie zunächst lediglich 300 Wörter.
Wenn mir der Einstieg gefällt, vergebe ich die nachfolgenden
Aufträge als DirectOrder. Es besteht kein Zeitdruck. Sie haben
für den Anfang sieben Tage Zeit. Ich freue mich sehr auf Ihre
Ideen. Wenn Sie Fragen haben, können Sie mich gerne über die
Nachrichtenfunktion der Textagentur kontaktieren.*
Viel Erfolg und liebe Grüße, A.

Das klang nach leicht verdientem Geld, schneller
geschrieben als erfundene Testberichte über Staubsau-
ger, Mixer oder Wellness-Hotels. Strömberg klickte auf
den Button: *Ich möchte diesen Text schreiben.*
Zugleich fiel ihm ein, dass er ein Buch mit erotischen
Gedichten besaß: *Zauber gegen die Kälte* von Gioconda

11

Belli. Aber wo hatte er es hingestellt? Wenn das halbe Leben Ordnung war, hatte er sich bereits als Kind für die andere Hälfte entschieden. Er suchte mit den Augen die Bücherregale im Wohnzimmer ab. Wie immer entdeckte er, was er nicht suchte. Jean Pauls gesammelte Werke zum Beispiel und von Egon Erwin Kisch eine Erstausgabe aus dem Jahr 1923, *Klassischer Journalismus*.

Wenn Strömberg sich anstrengte, hätte er bis zum Sonnenaufgang den Anfang einer erotisch-romantischen Geschichte geschrieben, auch ohne Gioconda Bellis Inspiration. Er stopfte sich eine Zigarette, setzte sich an den Laptop und bastelte in Gedanken an einem Handlungsablauf.

Als ein vager Geistesblitz durch sein Gehirn zuckte, war er zu müde, um seine Vorstellungen zu formulieren. Freund Merlot drückte ihm beide Augen zu.

3

Im Anfang war das Wort

und das Wort war bei Gott,

und das Wort war Gott.

Im Anfang war es bei Gott.

Alles ist durch das Wort geworden

und ohne das Wort wurde nichts, was geworden ist ...

Strömberg erinnerte sich nicht, ob er geträumt, ob er überhaupt geschlafen hatte oder ob Freund Merlot der Urheber jener wundersamen Begebenheit war.

Es musste am Ende der Nacht gewesen sein. Ein halber Mond stand am Himmel. Er saß auf dem Balkon und füllte mit fünf merlotroten Buchstaben die fehlende Hälfte des Erdmondes auf.

Zunächst malte er mit dem rechten Zeigefinger Kringel in die Luft, ein unbeholfener, einarmiger Dirigent, der ein imaginäres himmlisches Orchester zum Spielen animieren wollte. Dann besann er sich auf sein Metier.

Er zeichnete ein musikalisch geschwungenes A von der Größe einer mittleren Melone. Es folgte ein schnörkelloses D. Der dritte Buchstabe war wiederum ein A, verspielt wie eine junge Katze. Danach malte er ein expressionistisches J und ein weiteres A, zierlich und weich und rundlich wie ein O. Allerdings war es ein wenig zu dünn geraten: ADAJA.

Den zuvor halben, nun nahezu vollständigen, wortgefüllten Mond färbten die überlaufende Farbe der Buchstaben merlotrot. Er sah gut aus. Der Wortmaler lächelte. Er hatte keine Ahnung, was seine Wortmalerei bedeutete. Adaja kam ihm leicht über die Lippen. Er probierte das Wort in verschiedenen Tonfarben. Die zart gehauchte Variante gefiel ihm sehr. ... *und ohne das Wort wurde nichts, was geworden ist* ...

Die Amnesie nach dem Erwachen, an jedem neuen Tag die drei fundamentalen Fragen: Wo bin ich? Wer bin ich? Wozu bin ich?

Nach einer Tasse Kaffee und zwei Zigaretten arrangierte Strömberg sich mit dem Dasein, ohne verlässliche, geschweige denn endgültige Antworten gefunden zu haben. Er verließ den Raum der Erinnerung an die nächtliche *bizarre mentale Aktivität* und widmete sich der Aufgabe, die ihm diese geheimnisvolle A. gestellt hatte.

Eine Aufgabe, deren Lösung er sich zutraute, auch wenn er niemals zuvor eine erotische Geschichte geschrieben hatte. Jeder Text fing mit dem ersten Satz an. In den zahlreichen Ratgebern, die Strömberg im Laufe der Jahre gelesen hatte, wurden die angehenden Schriftsteller aufgefordert, unbedingt mit der *stichwortartigen, chronologischen Aufzählung aller Ereignisse für deine Geschichte* zu beginnen.

Nach einer Stunde, fünf Zigaretten und zwei Espressi war er *so klug als wie zuvor.* Ebbe im Wörtermeer.

Er erledigte den täglichen Einkauf bei Aldi, las anschließend auf dem Balkon den Sportteil der *Berliner Morgenpost* und fand zurück in die Spur. Seine Beharrlichkeit und die Aussicht auf eine DirectOrder, die das Vierfache des üblichen Honorars einbrachte, jagten ihn an den Laptop. Freidenkend und freischreibend, alles geben, was die Fantasie bereithielt, und vom Zufall überraschen lassen.

Gut gedacht, aber längst nicht geschrieben. Kein Sprudeln, nur ein Tröpfeln, zwei, drei Wörter und endlich der erste Satz, gewiss nicht für die Ewigkeit, immerhin ein Anfang.

Selena lag, eingemummelt in einer dunkelroten Wolldecke, auf der Couch und verfolgte eine Quizshow im Fernsehen …

Er hielt inne. Zu vage erschien ihm auf einmal die Vorgabe der Auftraggeberin. Was erwartete sie, etwa einen Abklatsch von *Fifty Shades of Grey*?

Er hätte nachfragen können, fürchtete jedoch, eine Antwort würde zusätzliche Verwirrung stiften, schrieb tapfer weiter und tauschte den Vornamen der Protagonistin und die Farbe der Decke aus.

Helena döste auf der Couch, eingemummelt in einer havanna-nachtblauen Wolldecke, die frisch gewaschen war und nach Alpenfrühling duftete.

Strömberg schnalzte mit der Zunge, *havannanachtblau*, eine Wortschöpfung, die gut für ein Gedicht verwendbar wäre. Munter tippte er weiter.

Helena verfolgte eine Quizshow im Fernsehen. Sie langweilte sich, war aber zu bequem, um nach der Fernbedienung auf dem

Tisch zu greifen und um- oder abzuschalten. Sie würde bald zu Bett gehen, noch ein paar Seiten lesen.

Sie zappte sich aus der schalen Quizwelt zu den Radiokanälen und erwischte die letzten Töne von Geschwinde, geschwinde, ihr wirbelnden Winde ... Der Bach-Kantate folgte ein populärer Hit der klassischen Musik von Maurice Ravel. Helena seufzte und träumte einen erotischen Bolero auf Zwei:

AA BB AA BB AA BB AA BB A und wer
B hört wie Bolero wie Du(r) und ich
in wechselnder Klangfarbe beginnt
das Wir mit einem leisen Trommelschlag
Tatatam gekleidet in herzlicher Harmonie von
Querflöte und Klarinette betont
spricht das Fagott die ersten Streichelworte
die Klarinette antwortet in ähnlicher Sanftheit
über lange Zeit der Ostinato
Rhythmus im Warten Dreivierteltakt und
ständiges Crescendo AA BB AA BB AA BB
AA BB und B wie Bolero auf Zwei
wie Himmel und Erde wie behutsames Erfühlen
nach jeder Variation

17

eine neue Ebene der Sehnsucht

nach Erfüllung und dem Erfühltwerden

von diatonischen Akkorden begleitet.

Wir in stiller Umarmung und plötzlich klingen

die Instrumente in anderen Tonarten fliegen schwere

los in die verdoppelte Höhe wir schweben mit der

Celesta noch zwei drei Oktaven höher im liebes

taumeligen Glissandi der Posaunen jäh

ein Aufschrei

tönt in einem dissonanten Akkord

der sich geschmeidig in ein Wir in C-Dur auflöst.

Wow! Helena atmete tief ein und aus. Es war eine Weile her, dass sie sich selbst berührt hatte, noch länger das Schweben im harmonischen Wir. Sie streichelte die Brustwarzen, verharrte eine Weile in der Sehnsucht nach einem zweisamen Höhenflug, die nach dem Orgasmus mächtiger geworden war, schaltete den Fernseher aus und schlief bald ein.

Strömberg warf einen Blick auf den Wortzähler am unteren linken Rand des Monitors: Er hatte sein Soll sogar übererfüllt.

4

Strömberg hatte kurz und gut geschlafen und scherte sich an diesem Aprilmorgen einen Dreck darum, wo, wer und wozu er war. Er rauchte hastig, verzichtete auf Kaffee und schaltete den Laptop ein, der elend lange brauchte, bis er hochgefahren war. Keine Nachricht von A. Vielleicht formulierte sie gerade eine höfliche Absage.

Kaffee, ein Muffin, Nikotin, Dusche, Nikotin und zurück an den Laptop. Weder die ersehnte und erhoffte Lobpreisung noch eine Absage.

Das Läuten des Telefons versetzte ihn in Aufregung. Obwohl es unmöglich war, dass sich seine Auftraggeberin meldete, glaubte er es für einen Augenblick und glaubte es einen weiteren wahnsinnigen Moment, als eine aufgeweckte Frauenstimme fragte, ob sie mit Herrn Strömberg spreche.

Er bejahte und erfuhr, dass heute sein persönlicher Glückstag und er für einen supergünstigen Handyvertrag auserwählt sei. Was er davon hielte?

Er antwortete, er freue sich außerordentlich, zu den Auserwählten zu gehören, doch er habe seinerseits ein

19

sensationelles Angebot für sie, drei seiner Bücher zum Preis für zwei, portofrei, zwei Lyrikbände und ein vergriffener Roman, auf Wunsch mit Signatur und/oder persönlicher Widmung, lieferbar solange der Vorrat reiche.

Die Dame lachte und legte auf. Strömberg freute sich, dass er sie zum Lachen gebracht hatte und vergaß darüber die romantisch-erotische Geschichte. Er brühte sich einen Kaffee und setzte sich auf den Balkon.

Traumbewölkt starrte er auf die Backsteinfassade der ehemaligen Osramfabrik und kramte aus seinem Langzeitgedächtnis eine wundersame Begebenheit unbekannter Herkunft hervor. Sie handelte von einer unbiegsamen Rose, die im Rosengarten beim Einsied-lerhaus lebte. Das war einer von drei Rosengärten in der Schweizer Rosenstadt Rosenwil am Zürchersee. Das Haus gehörte zu einem Kapuzinerkloster auf der Halbinsel Hurden, die weit in den See ragte.

Die unbiegsame Rose war nicht nur schön, sondern auch bemerkenswert bescheiden. Dennoch schätzte sie es, wenn die Besucher des Rosengartens sich an ihr erfreuten.

Manchmal dachte sie an die Wildrosen, die robusten und freiheitsliebenden Vorfahren der Gartenrosen. Sie wünschte sich so sehr ein vogelfreies Leben, selbstbestimmt und mit der Möglichkeit, die Welt jederzeit aus einer anderen Perspektive betrachten zu können. Heute hier und übermorgen vielleicht ganz woanders.

Die schöne, bescheidene und unbiegsame Rose verschwendete die Zeit nicht mit Träumen. Vom Frühjahr bis in den Spätherbst arbeitete sie hart. Das ging nur nachts, wenn die anderen Rosen schliefen und der Rosengarten menschenleer war. Jeden Monat gelang es ihr, die Wurzeln ein paar Millimeter aus dem Erdreich zu lösen. Sie ahnte nicht einmal, dass manche Rosen bis zu vier Meter tief in der Erde wurzelten. Wenn sie gewusst hätte, wie innig sie mit der Erde verbunden war, hätte der Umstand nichts an ihrem Freiheitsdrang geändert.

In manchen Nächten weinte sie winzige Tränen, die nach salzigem Rosenöl schmeckten. Nach sieben Jahren der Beharrlichkeit geschah es in einer Vollmondnacht. Die unbiegsame Rose schwebte gut einen halben Meter über dem Boden. Ein geglückter

Augenblick, wie es ihn äußerst selten im Dasein einer Rose gab. Sie genoss das federleichte Schweben für eine Weile und kehrte zu ihrem Ursprung zurück.

Strömberg winkte einem Spatz, der sich auf der Balkonbrüstung niedergelassen hatte und aufmerksam dem stummen Märchen lauschte. Als von Strömberg nichts mehr kam, wechselte der Spatz die Straßenseite.

Strömberg kehrte an sein Arbeitsgerät zurück. Seine Auftraggeberin hatte geschrieben, er habe ihre Erwartungen übertroffen und einen einfühlsamen und verheißungsvollen Einstieg vorgelegt. Sie werde in Kürze weitere Aufträge direkt an ihn versenden. Sofern sie mit seiner Bereitschaft rechnen dürfe.

5

Der 26. Tag im April wirkte von Strömbergs Balkon aus wie eingehüllt in Goldpapier. Selbst der übliche Müll auf der Straße war heute mit einem eigenartigen Glanz versehen. Vor dem Haus schrien die Kinder sich in mindestens 124 Weddinger Weltsprachen den Winter und den noch kälteren Vorfrühling aus dem Leib. Die Gefangenschaft in den viel zu kleinen Wohnungen hatte ein Ende.

Eine alte Frau fuhr in ihrem elektrischen Rollstuhl vor und verteilte an die Schreihälse, majestätisch wie die Queen, Wassereis in allen Farben des Weddings. Ein paar Häuser weiter flirtete der Briefzusteller von der gelben Post mit seiner Kollegin von den grünen Briefverteilern.

So liebte Strömberg seinen Wedding, aber es würden wieder Tage kommen, an denen er sich selbst als Gefangener fühlte. Dann waren Müll und Hundekacke einzig ein Ärgernis und die vermeintliche Vielfalt eine zufällige und regellose Zusammensetzung von Parallelwelten, zu denen er keinen Zugang fand.

Schreiben. 10.000 Wörter in vier Wochen. Das war Strömbergs neue Aufgabe. A. hatte ihr Versprechen eingelöst und geschrieben, dass er ihr vollstes Vertrauen habe. Beim Lesen seiner ersten Kostprobe habe sie gespürt, dass er ein *Tieffühler* sei. Außerdem verstehe er sein sprachliches Handwerk.

Eine Liebeserklärung, so empfand Strömberg die Schmeicheleien der unbekannten Frau. Seine Fantasie zeichnete ein Menschenbild, das seiner Meinung nach zu den lieben Worten passte: Eine Frau um die Fünfzig, warm und weich, sensibel und einfühlsam, zerbrechlich und stark, dunkle, leicht gelockte Haare, halblang, schmale Lippen, blassrot, ein entschlossener Gesichtsausdruck, in dem sich zugleich Skepsis und nachdenkliche Zurückhaltung spiegelten, ein scheuer Blick aus braunen Augen: *Im Quell deiner Augen/ hält das Meer sein Versprechen ...*

In der Nacht war Freund Merlot der kritiklose Begleiter, der jeden Satz abnickte. Am Tag, wenn Merlot bei den totgeborenen Träumen schlief, empfand Strömberg seine Worte banal, ausgelutscht und bedeutungslos.

24

Zweifel sind Verräter, sie rauben uns, was wir gewinnen können, wenn wir nur einen Versuch wagen. Shakespeares Worten setzte er René Descartes Erkenntnis entgegen, dass *der Zweifel aller Weisheit Anfang* sei. Wenn das zutraf, war Strömberg in der Tat ein weiser Mann.

Er änderte, strich, versetzte keine Berge, aber ein paar Satzzeichen und Wörter und malträtierte die Tastatur des Laptops taiwanischer Herkunft, bis er mit dem Ergebnis halbwegs zufrieden war.

Helena trank ihren schwarzen Morgenkaffee am Küchentisch. Sie hatte auf der Couch bis in den Sonntagmittag geschlafen. Auf einmal erklang der Bolero in ihren Ohren. Die Musik durchströmte den Körper. Helena überlief es heiß. Das blauweiß gestreifte, ärmellose Nachthemd aus leichter Baumwolle fühlte sich angenehm auf der Haut an.

Spielerisch strich sie mit der rechten Hand über die Oberschenkel und spreizte die Beine. Mit geschlossenen Augen lauschte sie der imaginären Musik und schob die Hand unter das Nachthemd, berührte die Scham und drang mit dem Zeigefinger in die Himmelspforte ein, die warm und feucht war. Der Finger streichelte die pralle Klitoris. Der Bolero des Verlangens

25

hämmerte in ihrem Kopf und brachte sie diesmal viel schneller zu einem kurzen, aber intensiven Orgasmus.

Als Helena unter der Dusche stand, läutete das Telefon. Das konnte nur ihr Sohn Christian sein, der vor einem Vierteljahr seine erste eigene Wohnung bezogen hatte und sich seitdem jeden zweiten Sonntag zum Abendessen einlud.

Helena ignorierte das Klingeln und war erstaunt, als sie später auf dem Display sah, dass ihre Freundin Nicole angerufen hatte. Sie waren seit der Schulzeit beste Freundinnen oder so etwas in der Art, unternahmen aber selten etwas gemeinsam, obwohl sie lediglich zwanzig Autominuten trennten. Das lag auch daran, dass Nicole verheiratet war, glücklich, wie sie bei jedem Treffen betonte. Helena, die 48 Jahre alt und damit ein Jahr älter als die Freundin war, hatte nach sechs Jahren Eheleben genug von Zweisamkeit und Familienglück.

Nicole hatte eine Nachricht hinterlassen: Sie habe eine umwerfende Neuigkeit für Helena. Sie müsse unbedingt mit ihrer besten Freundin reden. Wenn möglich noch heute. Sie erwarte Helenas Rückruf.

Helena kicherte. Das klang ganz danach, als ob Nicole mal wieder eine Geschäftsidee hatte, die sie innerhalb von drei Monaten zur Millionärin machen würde.

Strömberg hatte sich müde geschrieben und war dennoch traumwach, drei Stunden nach Mitternacht war der Wedding bielefeldstill, sanft der Wind aus Südost, frisch die Luft, aber nicht kalt.

Strömberg wärmten ein Jeanshemd, das er über das T-Shirt gestreift hatte, und die geschriebenen Worte, die nicht nur seiner Fantasie, sondern auch einer unbestimmten Sehnsucht entsprangen.

Irgendwo auf diesem Erdball lebte eine Helena, wie er sie beschrieben hatte. Davon war er überzeugt. Wenn er ihr jemals begegnen sollte, warum sollte sie ausgerechnet auf ihn gewartet haben? Die Zweifel rumpelten in seinem Bauch und erzeugten eine dumpfe Verzagtheit, die nur Alkohol, die älteste Männerfreundschaft der Welt, auf ein erträgliches Maß runterfahren konnte. Oder steigern. Zwei Glas Merlot später war es für heute entschieden. Die Mutlosigkeit hatte gewonnen. Strömberg stand rauchend am offenen Küchenfenster und melancholisierte vor sich hin.

Unerreichbar die schöne Helena, auf dem Dach des Hauses schräg gegenüber thronte Strömberg, ein Gnom, fast ein Gnom. Mit schiefen Zähnen und weitporiger Haut. Ein Männlein, das sich gerne in der Dunkelheit versteckte. Wenn er dennoch unter Menschen musste, setzte er auch an Regentagen eine große Sonnenbrille auf oder schob sich einen alten Schlapphut fast bis zur Nasenspitze.

Er hatte ein besonderes Lächeln eingeübt, mit geschlossenen Lippen, linksseitig ein schiefer Mundwinkel, schwermütig und maskenhaft. Wenn man ihn so sah, spottete er jeglicher Beschreibung.

Er verließ selten seine Wohnung. Manchmal redete er eine Woche und länger mit keinem Menschen. Manchmal redete er eine Woche und länger mit sich selbst. Manchmal hatte er Angst, einsam in seiner Wohnung zu sterben. Manchmal hatte er Angst, einsam auf der Straße zu sterben. Manchmal war es ihm scheißegal, wo er sterben würde. Manchmal wünschte er sich einen Engel, der ihn vermisste, und mit dem er reden konnte, auch dann, wenn er nicht da war, denn es war schöner, mit einem Abwesenden zu reden, der einen vermisste, als nur mit sich selbst, den niemand vermisste.

Man muss sich selbst gute Gesellschaft leisten können ...
Gioconda Bellis Worte bauten ihn nicht auf, nicht wirklich. Lieber hielt er es mit Mascha Kaléko: *Man braucht nur eine Insel / allein im weiten Meer. / Man braucht nur einen Menschen, / den aber braucht man sehr.*

6

Die nächsten Tage und Nächte vernachlässigte Strömberg Monsieur Merlot. Er lebte in der Geschichte, hatte sich ein wenig in seine Helena verliebt und wusste wieder, warum er schon mit 14 Jahren davon geträumt hatte, ein Schriftsteller zu werden.

Das Erschaffen von Menschen mit allen menschlichen Facetten und Zwischentönen, Blitzen und Donnerschlägen. Einzigartige Glücksgefühle und niederschmetternde Pechsträhnen, jähe Stimmungswechsel, banale Begegnungen, furiose Wendungen und Gedankenwechsel. Angst und Trauer, unendliche Gestaltungsmöglichkeiten und gleichzeitig in jeder Lebenssekunde mit der Endlichkeit konfrontiert, der einzigen Konstanten im Leben.

Die Liebe, die große, die eingebildete, die unerwiderte, die körperliche, die geistige. Liebe.

Verletzungen, gezielt oder ohne Absicht zugefügt. Narben blieben, kleine und große Herznarben, denn die Zeit heilt Wunden nur scheinbar. Mit jeder Verletzung schmolz das Vertrauen und führte im schlimmsten Fall zu einem totalen Vertrauensverlust, ein Kollateralschaden enttäuschter Gefühle, irreparabel.

Roter Wedding, grüßt euch, Genossen,/ haltet die Fäuste bereit! Zwei Tage nach dem ersten Mai war Strömberg auf einmal in revolutionärer Stimmung und sang das Kampflied aus den 1920er Jahren. *Drohend stehen die Faschisten, drüben am Horizont./ Proletarier, ihr müsst rüsten!/ Rot Front! Rot Front!*

Er beschloss, dem gebeutelten griechischen Volk seine Solidarität zu bekunden. Moussaka in der *Taverna Hellas* in der Utrechter Straße. Dazu ein roter Sommerwein und mit der Rechnung ein gastfreundlicher Ouzo. Danach hatte Strömberg wieder Lust auf Helena.

Nicole hatte sich aufgebrezelt wie ein Teenie zum ersten Date. Von allem zu viel. Kirschroter Lippenstift, tiefschwarzer Lidschatten wie bei einer Gothic Lady. Knapp bemessen waren der schwarze Minirock aus weichem Leder und das schlichte, ebenfalls schwarze Oberteil.

Wow! Helena nickte anerkennend. Sie bevorzugte Jeans und ein weißes Polo-Shirt. Sie war ungeschminkt und erfreute die Freundin mit genau den Komplimenten, die diese so gerne hörte.

Das konkurrenzlose Café am Marktplatz war besser besucht, als die beiden Kirchen der Kleinstadt am Vormittag. Familienväter riskierten verstohlene Blicke, während deren Frauen beim Auftritt von Nicole die Stirn runzelten.

Nicole steuerte einen Tisch an, der gerade frei geworden war. Die Bedienung räumte das Geschirr ab und nahm dann die Bestellung entgegen. Helena wurde gar nicht erst gefragt. Nicole orderte zwei Glas Prosecco, korrigierte sich sofort, zur Feier des Tages dürfe es Champagner sein, aber nicht die Hausmarke.

Helena fragte, ob Nicole jetzt völlig abgedreht sei.

Du wirst es nicht für möglich halten, sagte Nicole. Der absolute Hammer ...!

Strömberg klatschte in die Hände, kindliche Freude über ein paar halbwegs gelungene Sätze. Er hatte sich eine Zigarettenpause verdient, auch ein Glas Merlot, am frühen Abend auf dem Balkon in der fürsorglichen Maisonne. Er dachte an die unbiegsame Rose im Rosengarten in der Schweizer Rosenstadt Rosenwil und beschloss, ihr den Wunsch nach Freiheit zu erfüllen.

Seit die unbiegsame Rose zum ersten Mal ein halbwegs freies Schweben erlebt hatte, konnte sie es kaum noch erwarten, sich endgültig und für immer von ihren Wurzeln zu lösen. Jede Nacht probierte sie das Schweben und vergaß dabei, weiter an ihrer Befreiung zu arbeiten. Wie eine durchgeknallte Schneeflocke wirbelte sie durch die Luft, bis ihr schwindelig und sie total erschöpft war.

Einmal kurz vor Mitternacht, als sie gerade zu ihrem Ursprung zurückkehren wollte, schreckte ein Rascheln sie auf, das so leise war, dass es nur eine sensible Rose wie sie hören konnte.

Ein Igel staunte sie an. Vielleicht hatte er ihr beim Schweben zugeschaut und wartete nun darauf, dass sie das Kunststück erneut vorführte. Die unbiegsame Rose konnte der Versuchung nicht widerstehen. Sie lächelte, lächelnd kreiselte sie über der Erde, schaukelte sanft hin und her und platzte fast vor Stolz.

Der Igel richtete sich auf und klatschte mit den Vorderpfoten. Die unbiegsame Rose verbeugte sich tief und fragte den Igel, ob er sie eventuell zum Fressen gerne habe.

Mit der Ernsthaftigkeit eines ziemlich humorlosen Naturschützers meinte der Igel, dass er von Natur aus dazu bestimmt sei, Insekten zu vertilgen. Nur wenn es an Insekten mangele, mutiere er der Not gehorchend zum temporären Vegetarier.

Kleiner Klugscheißer, dachte die unbiegsame Rose und sagte, sie sei ein Fall in einer Not, der er durchaus gehorchen könne. Außerdem müsse er die Wurzel nicht essen, sondern nur durchbeißen.

Der Igel überlegte lange, fand aber keinen plausiblen Grund, der seltsamen Rose die Bitte abzuschlagen.

Ach, seufzte Strömberg und summte Janis Joplins Song *Freedom is just another word for nothing left to lose …*

7

Strömberg las das Geschriebene, nahm ein paar Korrekturen vor und war unterm Strich mit dem Ergebnis zufrieden. Zeit für den Höhepunkt des Tages: den tägliche Einkauf bei Aldi.

Der Discounter war nur zweihundert Meter von seiner Wohnung entfernt und erleichterte nicht nur armen Poeten das Überleben, sondern auch an diesem 16. Mai nicht wenigen Menschen im Wedding die knappen Tage *kurz vor dem Ersten.*

Strömberg reihte sich mit seinen Einkäufen in die Schlange vor der Kasse ein. Vor ihm wartete eine Frau mittleren Alters, klein und dünn, eine Dose Linseneintopf mit Speck, ein stilles Wasser und ein Schokoladeneis am Stiel, - ein Betrag unter drei Euro.

Die Frau legte Münzen auf die Kassenablage, Ein- und Zweicentstücke, ein Zehn- und zwei Zwanzigcentmünzen. Das dauerte. Die Warteschlange wuchs. Niemand rief nach einer zweiten Kasse. Die Kassiererin zählte nach. Es fehlten 98 Cent.

Dann bringe ich das Eis zurück, sagte die Frau.

Hinter   Strömberg wartete ein junger Mann mit Migrationshintergrund,   nach   Strömbergs   nahezu vorurteilsfreier Taxierung der Typ: *Was guckst du, du Opfer?* Der wollte den fehlenden Betrag zur Verfügung stellen.

Danke, sagte die Frau. Das kann ich nicht annehmen. 20 Cent hätte ich gerne genommen. Ein Euro ist zu viel für meine Verhältnisse.

Der von Strömberg nahezu ohne Vorurteile eingeschätzte junge Mann sagte, er hätte gerne gesehen, dass sie das Eis gegessen hätte.

Die Frau bedankte sich noch einmal, ließ Linseneintopf und Mineralwasser auf der Ablage liegen und brachte das Schokoladeneis   zur Kühltruhe zurück. Die Kassiererin und die Schlange schwiegen und lächelten. Ein feierlicher Moment an diesem 16. Mai bei Aldi im Wedding.

Strömberg zehrte bis zum Abend von diesem Erlebnis. Statt zu schreiben, saß er mit dem Buch *Die Geschichte der Liebe* auf dem Balkon. Den Roman von Nicole Krauss hatte er in den letzten sieben Jahren bestimmt fünfmal gelesen. Heute blätterte er nur darin herum.

Alle paar Seiten fand er Sätze, die er beim ersten Lesen mit einem Bleistift unterstrichen hatte, zurecht, wie er beim Durchstöbern erkannte: *Lachend & Weinend & Schreibend & Wartend,* die präzise Beschreibung einer Schriftstellerexistenz in vier Worten.

Im Warten erschöpft, so fühlte Strömberg sich gerade. Die endlosen Stunden der Demütigung, als er vor Jahren seine Gedichte in einem Weidenkorb am Hackeschen Markt feilgeboten hatte, ein Popanz, der bei den Touristen zur digitalisierten Erinnerung wurde. Ältliche Deutschlehrerinnen aus Celle oder Paderborn erwiesen sich gelegentlich als barmherzige Schwestern und lachten und kicherten ein paar Meter weiter, als sie das für einen Euro erworbene Gedicht entrollt und gelesen hatten. *Ich bin ein geiler alter Mann. Ich bin ein Mann, der so groß sein wollte wie das Leben.*

Ja, das wollte ich, sagte Strömberg leise und las noch einen Satz in der *Geschichte der Liebe,* den er nicht nur unterstrichen, sondern auch mit fünf Ausrufezeichen versehen hatte: *Mein Herz ist schwach und unzuverlässig. Wenn ich sterbe, wird es wegen des Herzens sein.*

Ach, seufzte er.

Auf der Straße schreiende Frauen, aggressive Männer, heulende Kinder, Polizei und Notarztwagen. Die gewöhnlichen Tragödien, die vornehmlich in der Nacht auf dem Weddinger Straßentheater aufgeführt wurden. Strömberg klappte das Buch zu, schloss die Balkontür hinter sich und setzte sich an den Laptop.

Was Nicole als absoluten Hammer bezeichnet hatte, war für ein Helena ein Schock. Damit hatte sie nicht gerechnet. Dabei war die Geschichte, wenn sie sich so zugetragen hatte, wie Nicole sie erzählte, von banaler Alltäglichkeit. Nicole hatte ihren Kurti aus dem Haus geworfen, weil sie ihn im ehelichen Schlafzimmer beim Vögeln mit der jungen polnischen Putzhilfe erwischt hatte.

Ich wusste gar nicht, dass du eine Putzhilfe hast.

Nicole sagte, es sei Kurtis Idee gewesen, diese Magda ins Haus zu holen, unverschämt jung und ausgesprochen drall.

Und wie geht es weiter?, fragte Helena.

Sie werde sich von Kurti scheiden lassen. Sie habe mit einer Anwältin ihres Vertrauens für morgen einen Termin. Kurti werde ordentlich bluten müssen.

Bluten, wiederholte Helena. Wie sie es aussprach, tönte es nach einer lebensbedrohlichen Krankheit.

Nicole nickte eifrig und prostete Helena zu.

Bluten wird er, total ausbluten, sagte sie. Auf die Freiheit ...!

Freiheit, wiederholte Helena.

Es ist doch so, sagte Nicole und wirkte auf einmal ungewohnt nachdenklich. Da leben all die schönen und erfolgreichen Menschen in ihren schicken Wohnungen und ...

Und was?, fragte Helena.

Ach, eigentlich nichts, sagte Nicole. Letztendlich ist und bleibt alles nur eine schicke Oberfläche. Wir treffen uns mit den anderen erfolgreichen und schönen Menschen und tun so als ob. Alle tun so als ob. Der schöne Schein der schicken Menschen und ...

Helena runzelte die Stirn. Das Wörtchen schick hatte es ihrer schicken Freundin offenbar besonders angetan.

Was ich sagen will, sagte Nicole.

Helena spitzte die Ohren und lächelte nachsichtig in vorauseilender Höflichkeit, falls Nicole etwas schrecklich Dummes sagen würde.

Manche haben Angst vor einer Liebe, die größer werden könnte, als ihr Egoismus.

Liest du gerade ein Buch von Paulo Coelho?, fragte Helena und lachte spöttisch.

Nicole schüttelte den Kopf.

Dann stammt das also von dir, sagte Helena. Ich wusste gar nichts über die philosophische Seite in dir. Und an Selbstkritik mangelt es dir auch nicht.

Du alte Spottdrossel, sagte Nicole.

Sie orderte zwei weitere Gläser Champagner und hatte noch eine Überraschung auf Lager, als das Getränk serviert worden war.

8

Sich geschmeidig biegende Bäume an diesem 18. Mai, vor den Häusern und in den Hinterhöfen, zappelnde Plastiktüten und zuckende Pappbecher auf dem Pflaster, zwischen den geparkten Autos, ein Sturm ohne Fläche, nicht einmal fliegende Hüte oder Frösche gab es zu bestaunen, keine tanzenden Fische, kein Meer, das nach einem Ufer suchte.

Wieder einer der Tage mit abgetragenen Allgemeinplätzen. Mehr fiel Strömberg dazu nicht ein. Selbst wenn er beim Rasieren verblutet wäre, während sie im Radio die *besten Hits aller Zeiten* spielten, wäre ihm nichts anderes eingefallen.

Vom Balkon zum Schreibtisch, letzte Wörter für die Auftraggeberin der erotisch-romantischen Geschichte schreiben, stattdessen inspirierten ihn die sich biegenden Bäume zu einem Gedankenflug in die Schweizer Rosenstadt Rosenwil.

Strömberg stützte die Arme auf die Eichenholzplatte und legte den Kopf in die Hände, die klassische Pose der Denkenden, die bereits denken, was die Denker denken.

Bei ihm führte jegliches Denken   in die wohltuende Sphäre der Traummalerei, wild und frei, sanft und immer ein wenig traurig, spiegelbildlich die unbiegsame Rose, die nach dem Igelbiss sofort ihren angestammten Platz im Rosengarten auf der Halbinsel Hurden verließ und über den dunklen See flog, zügellos und staunend und nach jeder zweiten Flugminute einen Jubelschrei ausposaunend.

Sie weckte schlafende Schwäne und Enten, erschreckte Vögel, die nachtgrau in den Bäumen am Ufer kauerten und das seltsame Wesen in keiner Schublade unterbringen konnten. Die unbiegsame Rose war die glücklichste Rose auf der Welt.

Bald spürte sie einen leichten Gegenwind, weit entfernt von sicherer Bodenständigkeit, auf einmal etwas ängstlich, vor allen Dingen sehr müde, denn die Freiheit erforderte eine Menge Kraft.

Als die unbiegsame Rose das Ufer erreichte, hielt sie Ausschau nach einem Schlafplatz. In den Rosengarten, das hatte sie sich selbst versprochen, würde sie niemals wieder zurückkehren. Für heute wurzelte sie oberflächlich in der Nähe einer Platane und fiel in einen leichten Schlaf.

Bei Sonnenaufgang befreite sie sich sekundenschnell aus der morgenfeuchten Erde, schwebte einmal über den See, der silberfarben glänzte. Es war windstill. Die unbiegsame Rose flog über die Seepromenade und dann in die mittelalterlich geprägte Stadt, besah sich das Schloss, Engelplatz und Rathaus und kehrte zur Promenade zurück, wo die ersten Sonnenhungrigen flanierten. Niemand schien die unbiegsame Rose zu bemerken. Und das war auch gut so.

Strömberg befriedigte seine Nikotinsucht, trank einen löslichen Espresso, aß ein Stück Rum-Trauben-Nuss-Schokolade und dachte, dass es draußen in der Sonne angenehmer wäre. Vielleicht wäre es sogar angenehmer, auf dem Grund eines Wassers zu sitzen und sich in einen Fisch zu verlieben. Unsterblich. Es käme auf den Versuch an.

Er lachte. Wenn er etwas nicht gebrauchen konnte, dann war es Unsterblichkeit. Er glaubte an kein Davor und an kein Danach, in keiner Sprache und keiner Religion der Welt. Er wünschte sich ein schnelles und lautloses Ende. Und er hatte sich vorgenommen, wenn es so weit war, mit dem Tod nicht um eine Verlängerung zu feilschen, nicht einmal um den Bruchteil einer Sekunde.

In der Spüle stapelte sich das schmutzige Geschirr, ein weiterer Grund, nicht zu schreiben. Aber diesmal siegte das stärkere Selbst, das ihn beharrlich daran erinnerte, dass der Schreibauftrag fast eine Monatsmiete einbrachte, wenn er denn endlich geschrieben, abgegeben und von der Kundin angenommen worden wäre.

Beim Tippen geschah nach zwei bescheidenen Sätzen etwas, was Strömberg zunächst befremdete. Beim zweiten Hinsehen empfand er Verständnis, ja sogar Wohlgefallen: Die Buchstaben hatten sich auf einmal für den aufrechten Gang entschieden. Sie gehorchte ihm nicht mehr, gefielen sich darin, selbstsicher und in voller Größe auf dem Monitor zu erscheinen. Nicht nur das, sie tanzten aus der Reihe und setzten sich zusammen, wie es ihnen gerade beliebte: *NOCILE ASGET; NAM ÜSESM WDIREE GUNGHCSW IN ASD EVRAUSTBET NELBE RINGBEN*

Strömberg drückte da und rüttelte dort am Laptop. Vergeblich. Wenn er erzählen wollte, womit Nicole ihr und Helenas Leben zu entstauben und in Schwung zu bringen gedachte, musste er sich zum PC-Doktor in der Müllerstraße begeben und hoffen, dass der smarte Nerd die anarchischen Buchstaben zu einem erschwinglichen Preis in brave Untertanen zurückverwandelte.

Strömberg wartete im *Café Chokkolatta* auf den Rückruf, der ihn eine Stunde später erreichte. Die Buchstaben tanzten nicht mehr aus der Reihe. Strömberg zahlte den Betrag, der angemessen schien, und hörte sich mit gespieltem Interesse die Ausführungen des Fachmanns an, der zwischen den Zeilen andeutete, dass Strömberg sich in naher Zukunft nicht um den Erwerb eines neuen Laptops drücken könne. Der alte Mobilcomputer habe seinen Zenit lange überschritten, und es sei ein Wunder, dass er überhaupt noch funktioniere. Zudem sei das Betriebssystem total veraltet und mit seinem geschwächten Immunsystem anfällig für Viren und Bedrohungen jeder Art. Man

habe günstige Alternativen auf Lager, auch general-
überholte ältere, aber zuverlässige Geräte.

Strömberg sagte, er werde es sich in Ruhe überlegen.

9

Helena rümpfte die Nase und sagte, bisher habe sie nicht gewusst, dass ihr Leben verstaubt sei. Ein wenig mehr Schwung könne allerdings nicht schaden. In letzter Zeit habe sich eine gewisse Trägheit eingeschlichen. Daran trage sie selber Schuld. Andererseits genieße sie das Alleinsein, das oberflächlich betrachtet mit Einsamkeit verwechselt werde. Einsam sei sie keineswegs. Und ihre Ruhe wolle sie auch in Zukunft nicht teilen. Erst durch die äußere Ruhe sei sie innerlich ruhiger und ausgeglichener geworden. Sie sei zufrieden mit ihrem Leben, aber dennoch offen für neue Ideen und Schwünge, die jedoch nicht zu einem Salto mortale, sondern zu einem fröhlichen Salto vitale geraten sollten.

Sag ich doch. Nicole nippte an ihrem Glas und fragte Helena dann mit gedämpfter Stimme, wann sie zum letzten Mal Sex gehabt habe.

Strömberg hielt inne und trank ein Glas Merlot auf alles, was er gerade vermisste. Zeilen von Herman van Veens Lied *Teufelskerl* lagen nahe und leicht auf der Zunge: ... *Du würdest alles tun für undankbare Freunde. / Du bist so einsam, dass du deinen Nabel kaust* ... *Doch wenn die*

Bilder kommen, fängst du an zu wachsen. / Wenn die Geschichten blühen, wirst du ganz ihr Beet. / Aus unsichtbaren Lehm kannst du / uns Märchenschlösser kneten ...Du Teufelskerl beim Barte des Propheten ...

Er berührte das Glas mit den Fingerspitzen, daneben stand die Flasche, ebenfalls leer, keine erfreuliche Perspektive für die nahende Nacht. Wenn er sich beeilte, schaffte er es zu Netto, kaum weiter als Aldi und geöffnet bis 22 Uhr. Er kaufte zwei Flaschen Merlot aus Südafrika, ein paar Cent teurer als bei der Konkurrenz, lachte, als die Kassiererin ihm *einen schönen Tag* mit auf den Heimweg gab.

Die Nacht des Schreibens war eine endlose Aneinanderreihung von Wörtern, die in allen Fächern des Gehirns lagerten, zum Abholen bereit, nach jeder halben Seite eine Zigarette und ein Glas Merlot, schreibtrunken glaubte er, ein Dichter zu sein, wissend, dass er vor vielen Jahren einer Täuschung gefolgt und einem Irrtum aufgesessen war, die große Fehleinschätzung seines Lebens.

Er schrieb bis zum Sonnenaufgang.

Nicole bestellte erneut Champagner. Sie beugte sich zu Helena und war sich auf einmal unsicher, ob die Freundin die richtige Ansprechpartnerin war. Helena kam ihr mit dem Kopf entgegen, so dass beider Nasenspitzen sich zart berührten. Erschrocken zog Helena den Kopf zurück. Nicole sagte etwas im Flüsterton. Helena verstand kein Wort, nein, das stimmte nicht ganz, ein Wort kam bei ihr an, aber da hatte sie sich wohl verhört: Hobbyhure …

Strömberg begrüßte den neuen Tag nachttrunken auf dem Balkon. Zwei Krähen beäugten den seltsamen Zweibeiner im narrenbunten Bademantel. Ein Frühstück mit der lieblichen Morgensonne, zwei Eier im Glas, früher das exquisite Frühstücksangebot in jedem Café, das etwas auf sich hielt, Kaffee und drei Schnitten Ciabatta mit Butter und Pflaumenmus, die *Berliner Zeitung* von Vorgestern. Ein kleines Glück für etwa eine Viertelstunde.

Strömberg war erschöpft bis zum Anschlag. Er ließ das Geschirr auf dem Campingtisch stehen, duschte, rauchte, las das Geschriebene, schrieb einfach weiter, wie er es gewohnt war.

Helena hatte sich nicht verhört. Hobbyhure. Eine verrückte Idee von ihrer Freundin, die beim Abschied gesagt hatte, Helena solle es sich überlegen und allmählich mit dem Gedanken anfreunden.

Während sie wie jeden Sonntagabend Tatort guckte, der diesmal in Frankfurt am Main spielte, schweiften die Gedanken immer wieder ab. Huren kannte Helena nur aus Filmen und Zeitschriften. Meistens im Zusammenhang mit brutalen Zuhältern. Wie passte das zusammen, Hobby und Hure?

Helena drückte den roten Knopf auf der Fernbedienung, kuschelte mit der havannanachtblauen Decke, öffnete den Reißverschluss der Jeans, zog die Hosen bis zu den Kniekehlen herunter, fuhr mit der rechten Hand unter den hauchdünnen seidenen Slip aus. Ihre Spalte war liebestropfnass. Mit zwei Fingern drang sie mit kreisenden Bewegungen tief in ihre Liebeshöhle.

Die Jeans hinderte sie, die Beine weiter zu spreizen. Sie streckte den Oberkörper weit nach vorn, erreichte mit den Händen die Fußspitzen und zog die Hosen mit einer artistischen Bewegung über die Beine. Den Slip behielt sie an. Das steigerte die Erregung. Der Kitzler war angeschwollen. Helena hatte im Laufe der Jahre eine Technik entwickelt, die große Lust bereitete und zu einem schnellen Orgasmus führte.

Der Zeigefinger tauchte in die feuchte Vagina, während der Daumen die Klitoris streichelte. Dabei vermied sie die direkte Berührung der Lustperle, die sie stattdessen sanft umkreiste. Sie steigerte allmählich das Tempo zum Bolero ihres Vergnügens, bis hin zum explosionsartigen Höhepunkt.

Die Hand ruhte noch eine Weile auf der Vagina. Dann duschte Helena, trank ein Glas Rotwein und rief Nicole an.

Strömberg war ebenso befriedigt wie seine Protagonistin, für die er zärtliche Gedankenfäden spann, wirr und in allen Farben, die seine Fantasie hergab. Die Fäden schwebten durch die verräucherte Wortmanufaktur, wuchsen zu einem Knäuel und verwandelten sich auf einmal in ein Herz.

Schöne Gedanken, für die es keine Begründung gab, die ein Buchhalter des Lebens akzeptiert hätte. Er wünschte, sie dächte ebenso liebevoll an ihn und vergaß dabei, dass er Helena erschaffen hatte. Wie töricht! Oder hatte er mit Helena eine Frau erfunden, die seiner Sehnsucht entsprungen war?

Ausufernde Gedanken, denen spätestens ein Blick in den Spiegel   Grenzen gesetzt hätten. Wenn er ihn gefragt hätte, wer der hässlichste Mann im Land sei, wäre die Antwort garantiert nicht zu seinen Ungunsten ausgefallen.

Strömberg wanderte lange durch den Garten der Träumer. Er war seit 24 Stunden auf den Beinen, fieberwach der Kopf, die Quälgeister der inneren Unsicherheit, ein rasendes Herz, als wäre es auf der Flucht. Wer schreibt, der bleibt.

Hinter ihm fiel das Tor zum Träumergarten ins Schloss. Strömberg nahm den Erzählfaden wieder auf. Er rutschte ihm aus den Händen. Strömberg brühte Kaffee, starrte auf das schmutzbefleckte Fenster in der Küche, schnappte sich Papierrolle und Glasreiniger und sah endlich ein, dass er ein paar Stunden Schlaf benötigte.

10

Vielleicht dachte er zu groß. Er wollte nicht nur der Auftraggeberin gefallen, sondern sich ein literarisches Denkmal setzen, ein klitzekleines, Bronze statt Gold, Büste vor Ganzkörper.

Ähnlich empfand er, wenn er banale Produktbeschreibungen über Gartengeräte oder sinnfreie Ergüsse über Bücher verfasste, die er nie gelesen hatte und niemals lesen würde. Immer unter Druck, die Angst, den Ansprüchen des Kunden nicht zu genügen, Zeitvergeudung, die nur seinen Stundenlohn minderte.

Er wünschte sich einen schönen Tag, als er am frühen Nachmittag auf dem Balkon saß, den er zur provisorischen Außenstelle der Wortmanufaktur erkoren hatte.

Helena fand die Idee der Freundin nach ein paar Tagen Bedenkzeit immer noch verrückt, aber außerordentlich reizvoll. Sie gab ihr Einverständnis und überließ Nicole, die ein Organisationstalent war, die Vorbereitungen.

Nicole kannte ein einschlägiges Internetportal. Dort schaltete sie unter der Rubrik Bekanntschaften zwei Kleinanzeigen. Ohne Fotos, damit sie nicht von Männern aus ihrem Freundes- und

Bekanntenkreis entdeckt wurden. Der Text war eindeutig: ...

gegen ein großzügig bemessenes Taschengeld waren sie bereit, sich mit Männern in einem Hotel zu treffen. Kein Date unter zwei Stunden. Übernachtung ausgeschlossen. Diskretion und gegenseitiger Respekt sollten selbstverständlich sein ...

Helena und Nicole staunten, nicht nur über die Menge der Anfragen, mehr noch über deren Inhalt: Hemmungslos sexistisch, orthografisch und grammatikalisch eine Vergewaltigung der deutschen Sprache, aber mit einem gewissen Unterhaltungswert, als sie in Helenas Wohnzimmer vor dem Laptop saßen, Prosecco tranken und nach der Lektüre von rund 50 E-Mails bedauerten, nicht lesbisch zu sein.

Hinterher waren sie bitter enttäuscht und sinnierten über den Zustand der Gesellschaft im Allgemeinen und dem geistigen Zustand der deutschen Männer im Besonderen.

Auf einmal schnippte Helena mit den Fingern und sagte, sie habe einen grandiosen Einfall. Für irgendetwas müsse die Aktion ja taugen. Wenn offensichtlich nicht zum hemmungslosen Sex, dann wenigstens zum Bestseller.

Eine geile Idee, meinte Nicole und versprach, für das Buchprojekt die männlichen Ergüsse zu sammeln und einen Ordner anzulegen.

Strömberg liebte es, wenn eine Geschichte plötzlich einen anderen Weg einschlug, als ursprünglich geplant, wenn die Heldinnen sich emanzipierten und ein Eigenleben entwickelten, wenn sie Widerstand leisteten und trotzdem loyal blieben und seine Urheberschaft anerkannten.

Ein Sturm wehte feinkörnigen Sand aus der Sahara in den Wedding. Strömberg musste die provisorische Außenstelle seiner Wortmanufaktur räumen. Er brühte sich Kaffee, las die Online-Ausgabe der *Berliner Zeitung* und Tipps vom Blumenbüro Holland, das eine Dependance in Essen unterhielt: *Das Schneiden von Rosen diene dazu, die Rosen kräftig, schön und gesund zu erhalten* … Schön und gesund, so wünschte er sich die unbiegsame Rose, unbeschnitten und frei wie ein Vogel.

Eines Tages hatte sie genug von der Schweizer Rosenstadt Rosenwil gesehen und flog über den großen See bis zum anderen Ufer und noch ein gutes Stück weiter. Es war keine große Strapaze, denn sie spürte einen sanften Wind im Rücken. Sie landete auf einer

Bergwiese, oberhalb die schneebedeckten Alpengipfel, unten der See mit ein paar bunten Farbtupfern, aus der Ferne nur zu ahnen, ob es große Schiffe oder kleine Boote waren.

Die unbiegsame Rose legte sich in das grüne Bett, umgeben von Blumen, die ihr völlig unbekannt und die, sie gab es gerne zu, wunderschön waren: Habichtskraut und Maßliebchen, Sonnenröschen und Witwenblume, ein grünbunter Teppich.

Nachdem sie verschnauft hatte, schwebte sie weiter, rastlos und begierig, neue Wunder zu entdecken. Die Wiese schien unendlich.

Irgendwann gelangte sie an einen Ort abseits der Bergwiese. Der Flecken Erde von der Größe eines Fußballfelds war umschlossen von wildwuchernden Büschen und Sträuchern: Der Garten der Träumer, den jeder betreten durfte. Heimat für alle Träumer mit unbeschränktem Bleiberecht. Wer eine Auszeit von seiner persönlichen Realität benötigte, konnte hier hemmungslos träumen, das scheinbar Unmögliche, das Gewesene und das Zukünftige, das in der Gegenwart verschwommene, von dem niemand wusste, ob es vielleicht im Stadium des Träumens stecken bleiben würde. Die kindlich-naiven Träume der Liebenden festigten sich im Garten der Träume zu einem verlässlichen *Für immer.*

Die Träumer entlockten der unbiegsamen Rose ein mitleidiges Lächeln. Hier war sie fehl am Platz. Träume musste man leben. Sie war das beste Beispiel dafür, dass es jeder selbst in der Hand hatte, sein Leben zu verändern.

Ach, seufzte Strömberg, du Teufelskerl beim Barte des Propheten.

11

Die E-Mails notgeiler Verbalerotiker mit ausgeprägter Rechtschreibschwäche trafen im Minutentakt ein. Mit dem vorhandenen Material ließe sich bereits jetzt eine Trilogie des pornografischen Schwachsinns füllen.

Es gab auch Lichtblicke, die hinter der Männerdummheit und der sprachlichen Armut umso heller strahlten. Ein Ronny schrieb, er sei an den und den Tagen aus beruflichen Gründen in der Stadt und übernachte im Hotel Sowieso und suche für die einsamen Abende eine nette, einfühlsame Begleiterin, mit der er auch Gespräche über Gott und die Welt führen könne. Sexuell sei er völlig normal veranlagt. Alles Brutale sei ihm grundsätzlich zuwider.

Sein Alter gab er mit 52 Jahren an, Er bezeichnete sich als schlank, mittelgroß und durchschnittlich aussehend. Er sei großzügig und freue sich auf ein diskretes Treffen.

Strömberg gähnte, obwohl er in der Nacht zum 20. Mai bereits kurz nach Mitternacht im Bett gelegen und *Die kalte Schulter* von Markus Werner gelesen hatte: *Wenn Friedmann ihn jetzt rufen würde, ihn fragen würde, ob er, Friedmann, etwas verpasst habe in den vergangenen Jahren? Ich habe keine Ahnung, müsste Wank sagen, viel Heiteres ist nicht geschehen, rasch haben die Stiernackigen sich vermehrt und für Zuwachs an Unheil gesorgt. Alles, was dich bedrängte, ist noch da, und doch hättest du bleiben müssen ...* Etwa eine Stunde Lesezeit, dann schlief er durch bis kurz nach neun Uhr.

Jetzt, vier Stunden nach dem Erwachen, hatte er Lust, unter eine Decke zu kriechen und nur seinen Herztönen zu lauschen. Draußen wehte noch immer der Saharawind.

Er rauchte und gab dem missmutigen Strömberg einen kräftigen Schubs. Freie Bahn dem tüchtigen Strömberg, der alles las, was er in den letzten 24 Stunden in den Laptop gehauen hatte.

Nicht ein Hauch von Romantik. Und wo hatte sich die Erotik versteckt? Die Literatur war sowieso längst auf der Strecke geblieben. Alles auf Anfang?

Bis zu seinem 50. Lebensjahr konnte Strömberg damit kokettieren, ein talentierter Jungautor zu sein. Zehn Jahre später war er ein kaum bekannter Schriftsteller, der nicht von der Vergangenheit zehren, geschweige denn von seinem Schreiben leben konnte. Von der zukünftigen Rente ebenfalls nicht, *die konnte er vertrinken, ohne zum Alkoholiker zu werden,* wie Hermann Peter Piwitt es so treffend formuliert hatte.

Er klappte den Laptop zu, schlüpfte in die Schuhe, zog eine Jacke über und floh in den Schillerpark, schlenderte zur Bastion und zum Schillerdenkmal, das aus dem Material des geschmolzenen Denkmals des Juden Walter Rathenau entstanden war.

Der Saharawind wehte nur noch lau. Er setzte sich auf eine Bank, rauchte, schaute den Joggern zu, die mit schmerzverzerrten Gesichtern an ihm vorüberhuschten.

Viel Heiteres ist nicht geschehen. Er ertappte sich dabei, dass er mit sich selbst redete, sagte laut, das Schreiben sei ein permanentes Selbstgespräch. Letzte Worte, verwirrt und verwirrend, *ich geh Aldi* und hole mir Merlot und *einen schönen Tag noch* …

Er suchte nach einem Mann, der zu Helena passen würde. Er suchte nach einer Frau, die seine Liebe wollen würde, ein Gnom, fast ein Gnom, ein Stammgast im Garten der Träumer, ein Männlein, das sich gerne in der Dunkelheit versteckte, damit niemand von den schiefen Zähnen und der schlechten Haut erschreckt wurde, ein Dunkelträumer im Garten, in dem artifizielle Pflanzen wuchsen, die das Männlein nicht besonders schön fand, die aber hoch und dicht standen, so dass sie ihn gut verbargen.

Der Mond leuchtete mit halber Kraft. Die unbiegsame Rose war in den Garten zurückgekehrt. Auf der Bergwiese hatte sie ein paar Herztränen geweint, weil Freiheit ein abstrakter Begriff war. Der plötzlichen Erkenntnis folgte die Einsicht, dass es an der Zeit war, neue Träume zu finden.

Leicht wie eine Libelle schwebte sie immerzu im Kreis, als sie ein Hüsteln hörte. Der Igel, der sie letztendlich befreit und bei dem sie sich nicht gebührend bedankt hatte, fiel ihr ein.

Der Gnom, fast ein Gnom, begegnete in dieser seligen Nacht zum ersten Mal der unbiegsamen Rose. Sie war wunderschön anzusehen. Er achtete nicht auf seine Deckung, gab sich eine Blöße.

Sie sah ein Ohr, Stirn, Nase, Augen und fragte, ob er ein Träumer sei.

Ja, schon, sagte er nach einer langen Pause.

Sie fragte, warum er sich verstecke.

Er habe sie nicht erschrecken wollen.

Erschrecken? Er? Sie? Womit?

Die Konversation geriet ins Stocken, ehe sie Fahrt aufgenommen hatte. Der fast ein Gnom suchte nach einem Weg. Überall Sackgassen.

Er sagte, sein Aussehen könne sie verjagen. Er sei ein alter und hässlicher Traumtänzer.

Wenn er sich nur in eine Pflanze verwandeln und auf der Stelle tot umfallen könnte.

Die unbiegsame Rose sagte, sie sei auch nicht mehr taufrisch. Was das Äußere betreffe, so seien …

… die inneren Werte wichtiger, vollendete er. Das bekäme er oft zu hören. Typische Worte, der Höflichkeit geschuldet, schnell dahingesagt und mit einer geringen Halbwertzeit.

Klug geschissen, sagte die unbiegsame Rose lachend und fügte hinzu, ob äußere oder innere Werte, *man sähe nur mit dem Herzen gut. Das Wesentliche bliebe für die Augen unsichtbar …*

Ebenfalls klug geschissen, meinte der fast ein Gnom. Aber es seien Worte, für die man nicht einstehen müsse. Auch der Blinde könne behaupten, er sähe mit dem Herzen das Wesentliche. Er halte es lieber mit einem anderen Satz, den, wenn er sich recht entsinne, auch der Fuchs gesagt habe: *Man sei zeitlebens für das verantwortlich, was man sich vertraut gemacht habe …*

Die unbiegsame Rose meinte, er sei ein bemerkenswert kluger Klugscheißer. Er solle sich endlich zeigen.

Der Gnom, fast ein Gnom, verharrte unter der artifiziellen Pflanze und hoffte, ihm gelänge ein klandestiner Abschied. Doch die unbiegsame Rose hatte längst Gefallen an seinen Worten gefunden, so ergab ein Wort das nächste.

Er erzählte von seiner bescheidenen Wortmanufaktur und der Wortmalerei, der Leichtigkeit des Traumtanzes, den er in jungen Jahren betrieben habe und vom autonomen Tagträumen, das er noch immer pflegte in den Atempausen, denn heute schreibe er um sein Leben.

Durch einen winzigen Spalt der laubdichten Verborgenheit sah er die Rose lächeln.

Und die Liebe?, fragte sie. Erzähl mir von der Liebe.

Er sagte, *die Liebe sei das schönste Gefühl, mit dem man sich selbst zerstören könne.*

Du Lieber, sagte sie und führte das Gespräch auf die Wortmalerei zurück.

Das gefiel ihm besser, als von der Liebe zu reden. Er erzählte, er betreibe seit vielen Jahren seine Wortmanufaktur und verkaufe Worte und Wörter aus seinem Wortschatz.

Worte und Wörter? Worin unterscheiden sie sich?

Der fast ein Gnom beantwortete die Frage der wissbegierigen Rose mit der Arroganz des Einsamen, ein Mäntelchen, das er gerne trug, obwohl es nicht wirklich wärmte, aber die Illusion schürte, die Einsamkeit sei freiwillig gewählt und weitgehend erträglich.

Er sagte, Wörter setzten sich aus Buchstaben zusammen, Worte bestünden aus Gedanken.

Die unbiegsame Rose sagte unvermittelt, sie müsse nun gehen.

Der Gnom, fast ein Gnom, erschrak und zitierte die erste Strophe eines Gedichts vom Dichterriesen Goethe. Es war dem aufgehenden Vollmond gewidmet.

Willst du mich sogleich verlassen?
Warst im Augenblick so nah!

Dich umfinstern Wolkenmassen
und nun bist du gar nicht da.

Ach, der Mond, sagte die unbiegsame Rose.

Er fragte, ob er sie mit seiner hochtrabenden Geschwätzigkeit verprellt habe?

Nein, nein, sagte sie. Es sei ein Genuss, ihm zuzuhören. Er sei bestimmt ein feinfühliger Mensch. Er habe sich nichts vorzuwerfen und solle nicht an sich zweifeln. Sie sei müde und hoffe auf ein Wiedersehen im Garten der Träume.

Sie schwebte davon, drehte gleich wieder um und fragte, ob er ihr Wortmaler sein möge …

12

Ronnys Nachricht las sich gut, vielleicht zu glatt, das Gefährliche geschickt getarnt, denn das Böse lauerte immer und überall und verbarg sich, erfahrene Krimileser konnten es bestätigen, hinter der Maske der ödesten Normalität.

Er war einer von wenigen Kandidaten für ein amouröses Abenteuer, darin waren Helena und Nicole sich einig. Mit ihm waren drei weitere Bewerber in die engere Wahl gekommen, darunter ein Jakob, der sein Alter mit 39 Jahren angab und sich als Gentleman der alten Schule anpries.

Ronny und Jakob wurden für einen Testlauf auserkoren, auch deshalb, weil die beiden Männer an denselben Tagen im gleichen Hotel wohnten, solide Mittelklasse, versteckt in einem Gewerbegebiet.

Schnick, Schnack, Schnuck … Zweimal unentschieden, beim dritten Spiel wickelte Helenas Papier Nicoles Stein ein. Ob Ronny wirklich ein Gewinn war, musste sich erst zeigen.

Der Saharawind wehte anderswo. Strömberg gönnte sich eine Zigarettenpause. Eine seltsame Melancholie, die ohne Vorwarnung in sein Gemüt geschlichen war, irritierte ihn. Er war doch bald fertig mit der romantisch-erotischen Geschichte. Er bräuchte eine Aufmunterung, eine Umarmung, ein Ohr zum Ausleihen, eine Perspektive, kurz: ein anderes Leben.

Er holte sich einen Döner, für den er nicht einmal 2 Euro zahlen musste. Eine Neueröffnung am Ende der Groninger Straße, seit einem halben Jahr, und spätestens in einem Vierteljahr würde der Laden wieder schließen, bis zum nächsten Versuch zwei, drei Monate später. Weddinger Startups, ein Perpetuum mobile der Hoffnung und des Scheiterns.

Als er gegessen und geraucht hatte, schien die Melancholie sich verflüchtigt zu haben, ein Trugschluss, sie lauerte still im Hintergrund. Während er schrieb, vergaß er sie, manchmal unterlag er der irrigen Annahme, sie hätte ihn verlassen, für immer.

Allein der Klang seiner Stimme weckte bei Helena ein lustvolles Begehren. Die feingliedrigen Hände, die sowohl zu einem Pianisten als auch zu einem Taschendieb hätten gehören können, waren ein Versprechen.

Sie hielten, was sie versprachen, ein behutsames, fast scheues Erkunden von Helenas Nacktheit, beginnend bei der Stirn bis hin zu den Fußspitzen, mit geschlossenen Augen.

Ein Streicheln wie ein Sommerwind. Auf einmal spürte sie seine Lippen auf den Schamlippen, Zungenstreichler in alle Richtungen, ein Lustbeben, als die Zungenspitze endlich punktgenau die Klitoris traf. Die Lippen saugten an der Perle, was Helena ein paradiesisches Vergnügen bereitete.

Jäh zog er den Kopf zurück und küsste den Bauchnabel. Erst war sie enttäuscht, aber als sein kleiner Finger in ihre feuchte Spalte eindrang, stöhnte sie leise, richtete den Oberkörper ein wenig auf und griff mit beiden Händen nach seinem Kopf. Sie wollte seine ganze Männlichkeit spüren, jetzt.

Strömberg unterbrach die Arbeit nach Helenas zweitem Orgasmus. Rauchend durchkreuzte er die 60-Quadratmeter-Gründerzeitwohnung, verfolgt von der treuen Melancholie. Er wünschte sich nach Hause, ohne die leiseste Ahnung, wo es lag und ob es jemals ein Zuhause gegeben hatte.

Noch 3.000 Wörter, dann hatte er den Auftrag erfüllt. Schreiben ohne langes Abwägen auf der Wörterwaagschale. Am 24. Mai um 13:24 Uhr verschickte er die Geschichte. Erleichterung und Bangigkeit. Zur Feier des Tages gönnte er sich im Karstadt-Restaurant am Leopoldplatz Käsekuchen und einen Pott Kaffee. Er setzte sich in die Raucherlounge und las die *Berliner Zeitung*. Ein nahezu perfekter Augenblick.

Auf dem Heimweg wurde ihm wieder bang. Nach dem Betreten der Wohnung die Augen rechts: Der Anrufbeantworter, der in Wahrheit nichts beantwortete, sondern lediglich aufzeichnete, blinkte nicht.

Kein Signal, dass er vermisst wurde, weder als Wortmaler noch als Privatperson. Mitunter hegte er den Verdacht, dass er längst gestorben und er der einzige war, der es nicht mitbekommen hatte.

Als der Laptop hochgefahren war, hob sich auch seine Stimmung. Die Wortagentur schrieb, dass die Auftraggeberin seinen Text angenommen habe. Außerdem wartete eine persönliche Nachricht in seinem Postfach auf ihn.

Vielen lieben Dank für die schnelle Erledigung meines Auftrags. Ich habe die Geschichte mit großem Vergnügen gelesen und bin froh, dass ich Sie ausgewählt habe. Ihre Mischung aus Erotik und Romantik gefällt mir sehr. Sie schreiben mit Feingefühl und würzen die Geschichte mit einem verträglichen Schuss Ironie. Respekt!!!

Beim Lesen kam mir sofort der Gedanke, dass dieser gelungene Anfang noch lange nicht das Ende sein muss. Das betrifft sowohl die Story als auch unsere Zusammenarbeit. Wie stehen Sie dazu? Können Sie sich eine Fortsetzung vorstellen? Liebe Grüße, A.

Strömberg klatschte in die Hände wie ein Kind, dem der Weihnachtsmann seinen Herzenswunsch erfüllt hatte. Er antwortete umgehend und war enttäuscht, als gleich darauf eine neue DirectOrder eintraf, bescheidene 500 Wörter, die er bis zum pflaumenblauen Morgen tippte. Zu Erotik und Romantik fügte er kriminelle Finessen hinzu. Helena erwachte nach einem Rendezvous neben einem toten Mann im Bett …

13

An Schlaf war nicht zu denken. Strömberg frühstückte, französisch, im Café Schäfer in der Groninger Straße und war vertieft in den Sportteil der *Berliner Morgenpost*, als sein Smartphone vibrierte. Er hatte eine E-Mail erhalten: *Adaja1506@switzerland.ch*

Spam? Die Witwe eines US-Offiziers, die ihm zu gern etliche Millionen Dollar überwiesen hätte? Oder eine Venus aus Nigeria, die ebenfalls ihr Vermögen mit Strömberg teilen wollte?

Statt die Nachricht zu löschen, öffnete er sie versehentlich.

Hallo, Herr Strömberg, ich hoffe, Sie nehmen es mir nicht übel, wenn ich heute an Ihre private E-Mail-Adresse schreibe. Sie haben Ihre letzte Nachricht an mich mit Ihrem Namen unterschrieben – der berühmte Wink mit dem Zaunpfahl?

Meine Recherche im Internet hat ergeben, dass sie sehr viele Bücher veröffentlicht haben. Das macht mich verlegen, denn ich hatte nicht erwartet, bei der Wortagentur auf einen professionellen Autor zu stoßen. Ich war der Meinung, dass dort eher Hobbyautoren beschäftigt sind. Mit einem Schriftsteller ihrer

Güte habe ich auf keinen Fall gerechnet. Jetzt schäme ich mich,
dass Sie zu diesem geringen Wortpreis für mich geschrieben
haben.

Ich habe mich auf Ihrer Webseite umgeschaut und finde es sehr
sympathisch, wie Sie sich präsentieren. Aber das nur nebenbei.

Vielen Dank für die letzte Sendung. Die überraschende
Wendung gefällt mir außerordentlich gut. Nun habe ich eine
Frage. Ich wünsche mir sehr, dass sie noch weiter über Helena
und Nicole schreiben. Für den Fortgang der Geschichte lasse ich
Ihnen freie Hand. Allerdings möchte ich den Auftrag nicht
länger über die Agentur abwickeln, die ja 30 Prozent vom
Wortpreis für sich beansprucht. Ich denke, es ist auch in Ihrem
Interesse, wenn stattdessen Sie die Provisionsgebühr zusätzlich
erhalten. Außerdem möchte ich Ihnen gerne eine angemessene
Prämie zahlen. Einverstanden?

Ich freue mich, bald weitere Geschichten von Ihnen lesen zu
dürfen.

Liebe Grüße aus der Schweiz, Ihre Adaja Lalaluna

Adaja. *Im Anfang war das Wort …* Strömberg erinnerte
sich nach wie vor nicht, ob er damals geträumt, ob er
überhaupt geschlafen hatte oder ob Freund Merlot der

Urheber jener wundersamen Begebenheit war. Adaja Lalaluna. Ein buntschillernde Seifenblase schwebte vor seiner Nase.

Wunschfee

Streichle die Angst

aus meinem Gesicht

reiß die Mutlosigkeit

aus meinem Herzen

flüstere Zuversichtsmärchen

in mein Ohr warm noch

von deinen Worten will ich

mich in einen Baum verwandeln

und über mich hinauswachsen.

Auf einer Serviette notierte er die Worte, die vielleicht für die Ewigkeit waren und dachte, es sei an der Zeit, mal wieder Gedichte zu veröffentlichen. Zweimal hatte er die kaum gelesenen und noch weniger verstandenen Gedankensplitter verlorener Nächte in Buchform präsentiert. Aber an verlorene Nächte verschwendete er jetzt keinen Gedanken. Dafür war der Augenblick zu kostbar. Er freute sich auf die zukünftige Zusammenarbeit mit der Frau aus der Schweiz. Adaja Lalaluna - der Name war ein Versprechen.

Zuhause schrieb Strömberg der *lieben Frau Adaja Lalaluna*. Er tippte seine Freude in den Laptop und erklärte sich mit ihrem Vorschlag *in jeder Hinsicht* einverstanden. Versehen mit *lieben Grüßen aus Berlin* sauste seine E-Mail via Server zur Empfängerin in einem ihm unbekannten Ort in der Schweiz. Er wusste nicht annähernd, wie das tatsächlich funktionierte. Als er die Technik vor vielen Jahren zum ersten Mal nutzte, hatte er befürchtet, dass der Text beim Versenden aus seiner Datei verschwände.

Er googelte. Für Adaja Lalaluna gab es keine Treffer. Das hatte er auch nicht erwartet. *Der Herr hat sie geschmückt*, abgeleitet aus dem Hebräischen ada = verzieren, schmücken. Strömberg lobte das Internet. Die zweite Bedeutung für den Vornamen Adaja lautete: *Gott ist schön …*

Der ganz und gar gottlose Strömberg kniff die Augen zusammen und sah bald die geschmückte und verzierte

74

und gottschöne Adaja lächelnd über seinem Schreibtisch schweben.

Wenn es einen Gott gab, war der ihm gerade sehr gnädig. Und wenn er eine Kirche in der Nähe gewusst hätte, wäre er hingegangen und hätte eine Kerze angezündet. Ein Gefühl staunender Bewunderung erfasste ihn.

Adaja Lalaluna, flüsterte er mehrmals und bedauerte, dass er keinen Champagner vorrätig hatte.

Bevor der Tag vollends zu einer kitschschreienden Assoziation lange gehegter Träume verfiel, hangelte er sich aus dem Abgründigen: Wörter und Worte, gare und halbgare Sätze, schreibend entstand ein sanftweicher Kokon, der ihn schützte.

Nach einer Stunde hatte er vier Zigaretten geraucht und keine Zeile geschrieben, die er für brauchbar hielt, *ein Schriftsteller seiner Güte,* der sich gerade wie ein Hochstapler fühlte.

Die sprichwörtliche Geduld des Papiers wurde nur von der Langmut des Papierkorbs übertroffen. Das galt, als er früher die Tasten seiner elektrischen Schreibmaschine malträtierte. War das damals ein sorgfältigeres

Arbeiten, einfach deshalb, weil jede Korrektur eine Menge Zeit kostete?

Legenden waren rasch gebildet. Den Gedanken über die Geduld des Papiers und der langmütigen Papierkörbe notierte er in einem seiner zahlreichen roten Notizbücher. Vielleicht konnte er einmal bei einem Aphorismus-Wettbewerb eingereicht werden. Ruhm und Reichtum wären seinem Urheber gewiss.

Als an diesem 25. Mai um 4:58 Uhr die Sonne im Wedding aufging, hatte Strömberg 98 Wörter geschrieben. Er öffnete das Fenster, rauchte und wusste gerade nicht, wozu er war.

Die Straße unter ihm verlangte nichts und schickte keine Antwort. Er wünschte sich eine Umarmung, schnickte die Kippe aus dem Fenster und umarmte sich selbst, mit der einen Hand strich er sich über die Wange, mit der anderen streichelte er die Schulter, ein bizarres Bild, der Gnom, fast ein Gnom beweinte die ausgetrocknete Erde im Garten der Träume. Dann hustete er vor sich hin und schlief im Schatten einer Pflanze ein.

Er schläft, drang eine Stimme sehr zart an sein Ohr, mein Wortmaler …

Er schlief und erwachte und durfte die Augen nicht öffnen, weil er dummerweise zur taghellen Zeit in den Träumergarten spaziert war. Er schlief und erwachte zu seinem Glück auf dem Bauch, seine Hässlichkeit in den Armen versteckt.

Mein lieber Wortmaler, hörte er die Stimme der unbiegsamen Rose. Ich freue mich, dir wieder zu begegnen.

Er robbte hinter die artifizielle Pflanze, in deren Schatten er geschlafen hatte und erwacht war, richtete sich auf und sagte nach langem Räuspern, er sei untröstlich. Sie möge ihm seinen desolaten Zustand nachsehen.

Schon verziehen, sagte sie.

Er sagte, er sei heute kein guter Gesellschafter. Das Gespräch würde womöglich nur um Belanglosigkeiten schusseln. Er bat die Rose um Diskretion. Ein kurzer Blick in eine neutrale Richtung genüge, damit er sich entfernen könne.

Schon geschehen, sagte sie.

So schnell ihn seine Beine trugen, rannte er davon. Der Gnom, fast ein Gnom, stolperte in die Küche. Auf dem Tisch stand eine Flasche Merlot, noch halb voll.

14

Wie viel Lebenszeit hatte Strömberg mit dem Schreiben vertan? Unzählige Jahre, die er anders hätte verwenden können, ungezählte Bücher, die es verdient gehabt hätten, stattdessen von ihm gelesen zu werden.

Mit stillem Vergnügen dachte er an die vielen Lesungen in Schulen, als für eine Kurzweil: *er der König dieser Kinder war, ein Troubadour für sie* ... Er liebte das Lied seines Seelenbruders Klaus Hoffmann.

Am Himmel Junimond. Eine Motte flog gegen die Schreibtischlampe. Mit dem Mond, das war klar, konnte er nicht in Einklang kommen. Kein Ein- und auch kein Ausklang an diesem 2. Juni, der vor zwei Stunden und 24 Minuten begonnen hatte. Jetzt wäre er gerne im Besitz einer Muschel gewesen. Die hätte er ans Ohr gehalten, und in ihr hätte das Meer gemurmelt.

Ach, seufzte Strömberg.

Gegen Mittag weckte ihn ein Paketbote aus leichtem Schlaf. Strömberg erwartete keine Paketsendung.

Strömberg sagte, wer nichts von Amazon und Zalando erwarte, sei froh und ein König, denn ein König und froh zu sein, bedürfe es wenig.

Der junge Mann wirkte gehetzt und ließ Strömbergs radikal-philosophische Konsumkritik unkommentiert. Er legte dem darum unfrohen Dichter sechs Pakete von unterschiedlicher Größe zu Füßen. Für Menschen, die Strömberg nicht einmal flüchtig kannte.

Einen schönen Tag noch, sagte der Paketbote, als der Dichter sechsmal unterschrieben hatte.

Nach einer Dusche und einem Käsebrot, den Camembert dick mit Erdbeermarmelade bestrichen, war er wieder froh und schrieb sich in den schützenden Kokon. Nikotin- und Koffeinpausen jede halbe Stunde. Bis zum Abend hatte er zwölf Seiten geschrieben, die dreizehnte konnte nicht gelingen, da auf einmal unbekannte Nachbarn alle paar Minuten an der Tür klingelten. Mit schlecht gespielter Dankbarkeit holten sie ihre von Amazon oder Zalando erfüllten Wünsche ab.

Dennoch war Strömberg mit seiner Tagesausbeute zufrieden:

Helenas toter Bettnachbar war entsorgt worden. Die Freundinnen verlegten ihren Aufenthaltsort dorthin, wo andere Leute Ferien machten. Nicole bevorzugte auf einmal die harte Tour, nicht sexuell, aber die Gewinnmaximierung betreffend: Erpressung und Diebstahl von Kreditkarten. Helena war schockiert, als sie davon erfuhr. Sie distanzierte sich von der Freundin. Schließlich gingen sie getrennte Wege. Der Weg von Helena führte nach Deutschland zurück …

Am Ende wird alles gut. Und wenn es nicht gut ist, dann ist es noch nicht das Ende.

Oder ein Ende mit einem Schrecken, der zu Tränen rührte? Der unschlüssige Strömberg überließ die Entscheidung seiner Auftraggeberin.

Doch Finsternis fiel ein, das Auge schloss sich. Mit der Gedichtzeile von Waleri Jakowlewitsch Brjussow auf den Lippen trat Strömberg auf den Balkon. Wattewolken scharrten sich um den gut genährten Mond, der, so Strömbergs Eindruck, heute mürrisch auf die Stadt blickte, die das Unfertige zum ultimativen Ergebnis aller Bemühungen erklärt hatte. Es war kühl. Strömberg sah nach, ob Adaja Lalaluna geantwortet hatte.

Sie schrieb, sie habe die Fortsetzung gerne gelesen und wünsche sich ein grandioses Happyend für Helena.

Strömberg dachte sich ins Ungefähre, etwa an den Anfang der Welt, den er fünfeinhalb Kilometer hinter Island vermutete, tief unter dem Wasser Spuren eines Feuers, ein paar Scherben, ein Spiegel, in dem zwei Liebende gefangen waren und nur noch sich selbst erkennen konnten.

Darüber schlief er irgendwann auf der Couch ein und wäre vielleicht im Schlaf ertrunken, wenn unter den verkrampften Füßen nicht die artifiziellen Pflanzen in die Höhe geschossen wären. Sie waren stark und zogen Strömberg in den Garten der Träumer.

Er wünschte sich die Gesellschaft der unbiegsamen Rose, so sehr fehlte sie ihm, dass er sich auf seine eigene Tiefe besann. Für seine Rose und zum Zeitvertreib malte er die allerschönsten Worte und baute daraus fragile Wortwelten. Wie wäre es, wenn er neben der Wortmanufaktur eine Schönfärberei eröffnete?

Irgendwann brauchte jeder eine Geschichte, die zu seinem Leben passte.

15

Firmamente Leichtigkeit in der Nacht vom 14. auf den 15. Juni. Strömberg pausierte auf dem Balkon, *nachdem Helena glücklich in Frankfurt am Main gelandet war. Am nächsten Tag Mittagessen mit ihrem Sohn, der nichts von ihren amourösen Eskapaden wusste. Helenas Gedanken schweiften zurück zu ihrem attraktiven Sitznachbarn, der während des Flugs von Palma de Mallorca nach Deutschland ein charmanter und geistreicher Gesprächspartner gewesen war. Typ Georg Clooney, mehr als tageslichttauglich und, so schien es, einfühlsam.*

Das war noch kein glückliches Ende. Strömberg zauderte. Das spärliche Licht auf dem Balkon und das unermessliche Schweigen der Pflastersteine unter ihm stimmten ihn unbehaglich. Er streichelte mit beiden Händen die Schultern.

Was machte einer, der nachts um halb vier gegen die Nacht kämpfte? *Wer gegen die Nacht kämpft, muss ihre tiefste Finsternis bewegen, ihr Licht herzugeben, und in diesem großen Bemühen sind Worte nur eine Station.*

Strömberg stimmte Walter Benjamin komplett zu und sprach mit dem Mond in der dritten Person, Worte, die ihm zaghaft über die Lippen kamen, während die Hände immer noch die Schultern berührten. Er fragte, ob er, der Mond wisse, dass er, Strömberg, des Kämpfens müde sei? Ob es ihn, den Mond interessiere, dass er, Strömberg, gegen den Wind schreibe?

Als er wieder vor dem Laptop hockte, hatte er vergessen, was er dem Mond erzählt hatte. Er hoffte, die Müdigkeit würde ihn übermannen und er nach einem langen Schlaf alles andere ebenfalls vergaß.

Der permanente Versuch, beim Schreiben zu sich selbst zu finden, scheiterte auch diesmal. Er dachte lange über die Nachhaltigkeit des Scheiterns nach. Im Grunde hatte sich nichts ereignet.

Er schrieb auf ein Ende hin, Helena im Glück. Mehr gab es nicht zu schreiben.

Adaja Lalaluna antwortete, er habe einen Schluss gewählt, frühlingsluftig wie eine gelungene Crème brûlée und zartherb prickelnd wie ein extraordinärer Champagner. Das Honorar plus Prämie sei bereits überwiesen. Sie bedankte sich ganz herzlich für die *erfrischende* Zusammenarbeit und wünschte alles Gute.

Ihr Lob mundete ihm ausgezeichnet. Ein bittersüßer Beigeschmack stellte sich ein, als er die Schmeichelei ausgekostet und mit einem Glas Merlot nachgespült hatte.

Er war ein miserabler Abschiednehmer. Er konnte kein Häkchen setzen und den Blick umgehend in die Zukunft richten.

Bald ertappte er sich dabei, wie er an Adaja Lalaluna dachte, schöne Gedanken, nicht frei von unverfänglicher Begehrlichkeit, aber wie das Materielle war auch alles andere dem Verfall geweiht. Es ging um die Zeit dazwischen.

Der Tag war öde und mit einem Male erloschen, taub und unbeweglich die Welt. Strömberg sehnte fremde Haut herbei und wünschte sich ein müheloses Verhäuten zweier Dünnhäuter.

Er kitzelte mit dem kleinen Finger seine Handfläche. Dann lagen sie stumm Körper an Körper, ein nahrhaftes Schweigen, das für Tage sattmachte. Er fiel aus seinen Träumen und stürzte tief. Niemand verteilte Fallschirme. Er schnappte nach einem Buch, das zufällig aus der Umlaufbahn der allegorischen Fakten geraten war. Zuletzt waren es immer Worte, die ihn retteten: Gérard de Nerval aus *Aurelia: Ich gehöre nicht deinem Himmel an. Auf diesem Stern sind die, welche mich erwarten. Sie waren schon vor der Offenbarung, die du angekündigt hast. Lass mich zu ihnen, denn die ich liebe, weilt an jenem Ort und dort sollen wir uns wiederfinden.*

Ich bin ein Dichter, sagte Strömberg. Es ist schwer, einen Dichter zu lieben.

Der Abend dunkelte. Er hatte nichts gegessen und nichts getrunken, nicht geraucht und nichts geschrieben, nicht einmal geträumt hatte er. Der Laptop stellte sich schlafend. Als er ihn antippte, war er gleich zu Diensten und zeigte Strömberg ein Gedicht, von dem er nicht wusste, ob er es wirklich geschrieben hatte.

Sehnsucht
Vielleicht teilt ein Stern das Licht
mit uns bevor wir verglühen
in unseren Idealen endgültig
kehren die Paradiesvögel
zurück ins Paradies
auf Umwegen

aufgezehrt.

Es ist nicht leicht, solche Gedichte zu mögen, sagte Strömberg. Es ist schwer zu verstehen, dass die Melancholie zum Wesen eines Dichters gehört. Ohne Schwermut keine Gedichte. Es ist schwer, das zu begreifen. Es ist daher vielleicht unmöglich, einen Dichter zu lieben.

Wem sagte er das? Das interessierte nicht einmal den Silberfisch, mit dem er regelmäßig nach Mitternacht in seinem Bad verabredet war.

Ich habe meine Melancholie diszipliniert, sagte Strömberg.

Heute war wieder so ein Tag, der nach einem lautlosen Ende schrie, fort von den unglückseligen Tagträumen, die in der Nacht zusammenfielen. Am nächsten Tag wühlte er in den Trümmern und flickte die alten Träume in neuen Variationen zusammen, der Sisyphos der Traumarbeit. Vielleicht hatte Albert Camus Recht: *Der Kampf gegen Gipfel vermag ein Menschenherz auszufüllen. Wir müssen uns Sisyphos als einen glücklichen Menschen vorstellen …*

Was würde sich ändern, wenn das Wunder geschähe?
Strömberg fürchtete sich und war allein.

16

Strömberg pfiff in der Küche vor sich hin an diesem Tag im Juni, der eine in der Sonne schlafende Katze war. Er spülte einen Teller, eine Tasse, ein Messer und einen Löffel und brühte sich danach einen Kaffee, den er am Fenster aus der gespülten Tasse trank. Auf beiden Seiten der Straße parkten Autos, die einen in Richtung Osten, die anderen in Richtung Westen.

Strömberg hätte gerne geglaubt, etwas Gutes und Nützliches getan zu haben. *Viel Heiteres war nicht geschehen.* Selbst Aldi und Netto lockten ihn nicht aus der Wohnung. Er wünschte sich, aus der Haut zu fahren. Das war nicht sein bester Gedanke, aber manchmal musste man die Gedanken nehmen, wie sie kamen. Vielleicht gab er sich auch viel zu hart.

Irgendwo hatte er gelesen, man müsse vor sich selbst Ehrfurcht haben. Sich ehren und vor sich selbst Furcht haben, vor den schlummernden Risiken, vorm Blick in das abgrundtiefe Menschsein ... Im Guten das Böse und umgekehrt.

Strömberg ließ sich leicht ablenken, auch wenn klar war, dass er wieder nicht sein Meisterwerk schreiben würde, nur einen *informativen Artikel über die aktuellen Ameisengifte auf dem Markt.*

Dazu kam es nicht. Er hatte elektronische Post aus der Schweiz bekommen. Adaja Lalaluna schrieb, es seien seit dem letzten Kontakt knapp zwei Wochen vergangen. Vielleicht wäre es besser, es dabei bewenden zu lassen. Aber sie würde sich freuen, wieder einmal von ihm zu hören. Es läge nicht in ihrer Absicht, ihn mit ihren Zeilen zu belästigen. Eine Bitte habe sie, er solle keineswegs aus purer Höflichkeit antworten …

Ganz und gar nicht, sagte Strömberg.

Dann die Bankrotterklärung der Wortmanufaktur: ein Schriftsteller, dem Wörter und Worte fehlten. Nach einer Stunde sah es danach aus, dass er für immer wortlos vor dem Laptop sitzenbleiben würde. Ein Gnom, fast ein Gnom, hässlich, da gab es nichts schönzureden, keine Worte, keine fantasiereichen Beschreibungen korrigierten, was die Natur versäumt hatte.

Er antwortete, dass er sich über ihr Lebenszeichen gefreut habe und gestand, dass er oft an sie denke. Er spüre eine zarte Vertrautheit.

91

Darüber war es Abend geworden. Der *informative Artikel über die aktuellen Ameisengifte auf dem Markt* war nach einem gewaltigen, unspektakulären Stück Leben in einer Gedächtnislücke versickert. In der Zeit von 13 bis 23 Uhr hätte alles werden können. Wieder schaffte es Strömberg nicht, *die tiefste Finsternis der Nacht zu bewegen.* Freund Merlot, den er in den letzten Nächten vernachlässigt hatte, war keine große Hilfe, verlangsamte nur die Höchstgeschwindigkeit des unglückseligen Denkens auf Schritttempo, damit der Schlaf eine Chance bekam. Er lungerte noch eine Zeitlang vor dem Laptop herum, spielte Solitäre, spielte mit dem Gedanken, zum Nauener Platz zu gehen und mit der U9 zum Kurfürstendamm zu fahren.

Er liebte den alten Westen mit seiner großzügigen Behäbigkeit. Hier gab die Stadt sich wie ein Zuhälter, der gnadenlos seriös wirken wollte. Aber seinen Lieblingsort, das Café Wellenstein an der Ecke Schlüterstraße in der Nähe des Hotels Bogota, das auch nur noch in seiner Erinnerung existierte, gab es schon lange nicht mehr. Das war gestern. Darüber brauchte er heute nicht den Verstand zu verlieren.

Im Radio sangen Klaus Hoffmann und Reinhard Mey im Duett: *Schenk mir diese Nacht/ich habe so viel an dich gedacht/wirst du da sein, wenn alle schlafen/wirst du meinen Schlaf bewachen/schenk mir diese eine Nacht ...*

Er war müde und fürchtete sich vor seinen Träumen. Alles wäre gewiss einfacher, wenn er bereits zu Staub geworden wäre, Sternenstaub, aus der die Nacht gemacht war, in der Adaja Lalaluna geboren wurde, die Mondgeliebte.

Mondgeliebte, hauchte er und staunte, was er sich wieder ausdachte. So dicht lagen sie nebeneinander, dass es schwierig war, sich zu umarmen.

Ach, seufzte Strömberg. *Wir leben, wie wir träumen – allein.*

Der Kühlschrank blieb authentisch. Strömberg bemerkte, dass er zwei Tage zuvor Schweizer Käse gekauft hatte. Sollte er das in irgendeiner Weise bemerkenswert finden?

Im Radio wieder ein Duett, Norah Jones und Keith Richards: *Love Hurts*, aber der Käse von vorgestern war längst gegessen.

17

Ein Händler hatte in der Nacht auf Englisch gemailt, dass er ein sensationell günstiges Viagra-Angebot für Strömberg auf Lager habe. Ein Kreditvermittler bot problemlos Bargeld in jeder Höhe für alle, die bei den Banken irgendwann ihre Kreditwürdigkeit verspielt hatten. Ein soziales Netzwerk ließ ihn wissen, dass eine Menge Freunde auf ihn warteten.

Beinahe hätte er nicht nur den täglichen Ausfluss dreister Aufdringlichkeit gelöscht, sondern auch Frau Lalalunas Sätze, die seine Stimmung zu einem inneren Salto vitale verführten.

Sie habe sich an seinen Worten erfreut. Nichts spräche dagegen, ihn einen Worterfreuer zu nennen. Auch habe es ihr wohlgetan, von der von ihm konstatierten zarten Vertrautheit zu lesen. Sie empfinde ein ähnliches Zartgefühl. Er möge aber nicht glauben, dass es ein Steckenpferd von ihr sei, Männer im Internet anzuschreiben.

Bevor sie *sonnige Grüße aus der Schweiz* schickte, bot sie ihm das Du an.

Strömberg nahm es gerne an und bat Adaja Lalaluna in der nächsten E-Mail, bitte nicht seinen Vornamen zu gebrauchen. Dieser habe ihm schon als Kind missfallen und mit den Jahren sei die Abneigung eher größer geworden. Es gefiele ihm, wenn sie ihn einfach Strömberg nennen würde. Ansonsten wolle er sie nicht mit seinen persönlichen Kleinigkeiten langweilen. Da sie gegoogelt habe, wisse sie ja bereits in Grundzügen, wie es um ihn bestellt sei. Auch sein Alter sei mit 61 Jahren korrekt in der virtuellen Welt verbreitet. Laut Tolstoi sei ja *die größte Überraschung im Leben eines Mannes das Alter.* Nun habe er aber genug ausgeplaudert.

Zum Abschied wünschte er ihr einen luftigleichten Tag mit ganz viel Sonne und grüßte lieb.

Es war der Beginn einer wunderbaren Wortverschickung, vom Wedding in die Schweiz und wieder zurück, manchmal mehrmals am Tag, ausführliche Darstellungen persönlicher Befindlichkeiten, zärtelnde Grüße zwischendurch zum Zeichen, dass man gerade an den anderen dachte. Dafür eignete sich WhatsApp ausgezeichnet. Anfangs vertippte er sich oft. Er bewunderte die Menschen, die hexenflink mit beiden Daumen schreiben konnten.

Strömberg dachte ununterbrochen an Adaja. Sie wohnte in einer kleinen Stadt am Zürchersee, Rosenwil, 700 Kilometer Luftlinie. Er schrieb, er habe schon lange auf sie gewartet. Sie antwortete, man brauche den ganzen Lebensweg, um an diese Passage zu gelangen. Man müsse das Vorherige durchleben, bevor man das Heutige erkennen und schätzen könne. Die Entfernung spiele keine Rolle. Er sei ihr trotzdem ganz nah. Vielleicht sei es auch gut so, sonst wäre es zu einfach und normal. Sie habe gedacht, sie erlebe das nicht mehr.

Aus der Ferne eine Umarmung, Strömberg tränenberührt, mit einem Mal seiner Fremdheit entledigt, kein leerer Schrecken, sondern Staunen und Verwunderung.

Als er den Anhang öffnete und Adajas Bild sich auf dem Monitor entfaltete, eine jugendliche Frau, die auf einem Felsbrocken sitzt. Im Hintergrund ein Wasserfall. Adaja in Jeans und blau-weiß karierter Bluse. Sie lächelt verhalten, schaut scheu und bringt dennoch Entschlossenheit zum Ausdruck.

Stundenlang starrte er auf die Fotografie, die er gleich ausgedruckt hatte, entdeckte neue Facetten, las in den Gesichtszügen einen Hauch Traurigkeit, sehr viel Optimismus und Aufbruchsstimmung, jederzeit bereit, die Wurzeln zu kappen und sich anderswo zu verwurzeln und zu erden. Hinter der harmonischen Mischung angedeuteter Melancholie und praller Lebensfreude erkannte er eine Verletzlichkeit, die ihn gemahnte, äußerst behutsam zu sein.

Adaja Lalaluna war eine schöne Frau. Adaja Lalaluna war eine schöne Frau, fast 15 Jahre jünger als er, eine kluge und schöne und verletzliche Frau. Ihre Schönheit und ihre Jugendlichkeit ängstigten ihn.

Er verlieh seiner Wahrnehmung Worte, stets mit dem Zusatz, er könne sich auch irren, bremste den Überschwang seiner Zuneigung, um sie nicht zu verschrecken, prüfte die Zeilen mehrmals und verschickte sie erst, als für ihn die Wortbalance der Gefühle stimmig war.

Deine Augen kamen zu mir, sagte Strömberg. Jetzt wartete er noch auf ihre Lippen.

18

Es geschah viel Heiteres. Der Gnom, fast ein Gnom, rankte sich an Adajas Worten in himmlische Höhen. Er wuchs täglich ein paar Zentimeter, wuchs an manchen Tagen über sich hinaus und streckte die Hände zum Paradies, das nur 158 Zentimeter groß, aber 700 Kilometer von ihm entfernt war.

Er war dabei, das Fliegen zu probieren, jetzt, wo er merkte, dass er in den letzten Jahren zwar geschrumpft war, aber nun wieder wachsen konnte. Nichts kam abhanden, auch wenn es vergessen schien.

Nach Mitternacht stellte Strömberg sich ans Fenster. Südlich am Himmelsgewölbe leuchtete ein Stern, sein Mondstern, gleich neben dem Mond, der sein Freund geworden war. Der Vertraute der Nacht, der immer ein Auge auf Adaja Lalalunas Schlafzimmer richtete und ihren Schlaf bewachte. Dem schlaflosen Strömberg schenkte er ebenfalls seine Aufmerksamkeit.

Der Mondstern war zugleich sein Engel. In der Nacht, in der es Sternschnuppen regnete, die erratischen Laurentiustränen am 12. August, hatte er es sich nicht von einer Sternschnuppe, sondern von Adaja selbst gewünscht. Er hatte ihr geschrieben,   Kinder und Dichter benötigten einen Engel.

Eine Metapher brauchte zwei sichere Ufer, um eine Brücke schlagen zu können. Strömberg wusste nicht, ob er zu leicht war für Adaja, dass er sie langweilte oder zu schwer, so dass er sie bedrückte.

Ein Gedanke von Camus löste sich aus dem Schmuckkästchen   des Gedächtnisses: *Die Fantasie tröstet die Menschen über das hinweg, was sie nicht sein können, und der Humor über das, was sie tatsächlich sind.*

Sie schrieb, sie küsse sein Nachdenken, seine Zweifel … Und jetzt habe sie den Wunsch, ihren Kopf an seine Brust zu legen, neben ihm still zu sein, ganz innig, nur zu lauschen und zu spüren.

Die Stille der Stillen. Es geschah viel Heiteres. Es geschahen weitere Wunder, ein Anruf geschah an einem Sonnabendabend, *ich liebe dich* …, magische Worte von einer angenehmen Stimme vorgetragen. Die Überraschung war geglückt.

Ich dich auch, sagte er.

Sie sagte, reden sei besser, als das endlose Tippen. Das Schreiben könne zu Missverständnissen führen, Reden zwar auch, aber da könne man rasch wieder Klarheit schaffen.

Worte werfen manchmal lange Schatten, sagte er.

Sie sagte, sie freue sich, seine Stimme zu hören. Sie klinge so, wie seine Stimme in ihrer Vorstellung im Ohr geklungen habe. Sie spüre ihn zum Greifen nahe.

Eine halbe Stunde verging, die nicht schöner hätte sein können, champagnerperlendes Lachen. Es war herrlich, mit ihr zu reden. Er erzählte, dass er in der Küche saß, rauchte und vom Fenster aus den Mond im Blick hatte.

Sie erzählte, dass sie auf den großen See blicken konnte, dass sie auch den Mond sehen konnte.

Jedes Wort weckte neue Sehnsucht und war ein großes Versprechen für die Zukunft.

Sie sagte, sie sei müde. Sie habe den ganzen Tag im Laden gearbeitet, eine Buchhandlung mit einem kleinen Antiquariat. Sie liebe Bücher. Sie habe dennoch niemals etwas mit einem lebenden Schriftsteller zu tun gehabt. Sie fürchte sich ein wenig davor. Sie vermisse ihn. Das sei sehr merkwürdig, da sie sich ja noch niemals begegnet seien. Ob sie sich jemals treffen würden, sei ungewiss.

Wenn wir es wollen, sagte er.

Wenn wir es wollen, wiederholte sie, was in Strömbergs Ohren nach sehr viel Zuversicht tönte.

Er fragte, ob für ihn ein bescheidener Platz in ihrem Antiquariat frei sei.

Sie bejahte lachend, aber nicht bei den verstaubten Klassikern, lieber bei den lang vergriffenen Raritäten.

Jetzt hätte er nach der romantisch-erotischen Geschichte fragen können. Er dachte an Oscar Wilde: *Fragen sind niemals indiskret. Antworten bisweilen schon.*

Sie sagte, sie schätze das Private. Sie habe eine schlimme Beziehung hinter sich. Sieben Jahre sei das her, aber sie trage die Folgen immer noch in ihrem Inneren herum.

Ich liebe dich, sagte Strömberg.

Ich dich auch, sagte Adaja.

Strömberg sagte, er habe seit über zehn Jahren keine Beziehung mehr gehabt.

Ich gehe jetzt, sagte Adaja.

Als sie aufgelegt hatten, erinnerte Strömberg sich an ein Lied seines Seelenbruders. Er kopierte bei YouTube den Link und schickte ihn per WhatsApp an seine Mondgeliebte:

Was ist es, das mir heute Nacht erzählt / du hättest mir so lange schon gefehlt / hab ich dich in der Eile übersehen / was gibt es zu verstehen / Sternenstaub fällt in mein Herz …

Dann streckte er sich auf die Couch und träumte sich an einen Inselstrand. Es rieselte Sternenstaub. Er legte sich dicht ans Wasser unweit eines großen Felsens, der von etlichen kleineren Steinen umgeben war, genoss den warmen Wind, der die Haut streichelte und das Rauschen der Wellen.

Aus dem Sternenstaub löste sich eine wunderschöne Frau, die sich lächelnd auf ihn zu bewegte. Wortlos legte sie sich zu ihm, ein handbreiter Abstand, der sein Herz schneller schlagen ließ.

Es dauerte nicht lange, da suchte seine Hand nach ihrer. Als er ihre Hand gefunden hatte, zuckte er zurück wie einer, der von einem Stromschlag getroffen worden war. Dabei war er schon elektrisiert, seit er sie gesehen hatte.

Eine Weile lagen sie still und regungslos nebeneinander.

Dann beidseitiges Händetasten, fühlen, berühren, erspüren, behutsam und zärtlich.

Der große Fels mit den zahlreichen kleineren Steine wirkten staunend und nur scheinbar teilnahmslos. Das zarte Geheimnis der beiden Gestrandeten war bestens bei ihnen aufgehoben. Wie alle Steine waren sie perfekt im Bewahren von Geheimnissen.

19

So schön, antwortete sie wenige Minuten später. Ein wunderschönes Lied, mein liebster Strömberg. Danke!!! Ach, könnte ich bei dir sein, jetzt und für immer … Und die Geschichte, ach, du Lieber.

Er spürte ihre warmen, weichen Lippen am Ohr und wünschte ihr guten Schlaf und viel Sternenstaub. Er wollte nicht schlafen. Der Augenblick dehnte sich bis in eine Zukunft, in der alles möglich schien. Er musste es nur wollen und behutsam sein.

Als Strömberg wieder mit dem Mond plauschte, fiel ihm Theodor Storms Geschichte vom *kleinen Häwelmann* ein, der putzmunter in seinem rollenden Bett lag.

Er bat den Mond, ihm die Tür zu öffnen. *Der Mond ließ einen langen Strahl durch das Schlüsselloch fallen.* So gelangte der Junge aus dem Haus und rollte mit seinem Bett über das Straßenpflaster. Aber die Straßen waren menschenleer. Lieber wollte er in den Wald. Die Tiere sollten ihn sehen. Er rief: *Mehr, mehr! Leuchte, alter Mond, leuchte!*

Der gute Mond begleitete den *kleinen Häwelmann* und *leuchtete in alle Büsche; aber die Tiere schliefen,* nur eine Katze saß auf einem Baum und *illuminierte.*

Der Junge hatte noch nicht genug. Er rief: *Mehr, mehr! Leuchte, alter Mond, leuchte!*

Und so fuhren sie zum Walde hinaus bis ans Ende der Welt, und dann gerade in den Himmel hinein. Hier war es lustig; alle Sterne waren wach und funkelten, dass der ganze Himmel blitzte.

Der *kleine Häwelmann* rief: *Mehr, mehr!* Der Mond pustete seine Laterne aus, die Sterne schlossen die Augen. Der *kleine Häwelmann* war allein im Himmel und fürchtete sich sehr. Endlich entdeckte er *ganz unten am Himmelsrande ein rotes rundes Gesicht.*

Er meinte, der Mond sei wieder aufgegangen, doch es war die Sonne, die gerade aus dem Meer auftauchte. Sie fragte, was er in ihrem Himmel mache. Sie warf den *kleinen Häwelmann mitten in das große Wasser. Da konnte er schwimmen lernen ...*

Wenn Strömberg sich nicht täuschte, gähnte der Mond, wahrscheinlich gelangweilt von einer Geschichte, die er sich schon mindestens 156 Millionen Mal hatte anhören müssen. Er verkroch sich hinter einer finsteren Wolkendecke.

Einer erwachte. Die Einzige schlief noch. Der Schlaf war älter als die poetischen Träume, die wieder jugendlich frisch waren. Strömberg kuschelte sich an Adajas warmen Körper. Er küsste den Nacken, fuhr mit beiden Händen durch die dunkelbraunen Locken. Sie drehte sich zu ihm, schlug die Augen auf, die mit herzförmigen Pupillen geschmückt waren wie bei einer verliebten Gelbbauchunke.

Sie liebten sich im Einverständnis des tiefblauen großen Sees, dem schlafenden Mond und der nepalgelben Sonne, die über die Dächer gestiegen war. Zwei Körper, zwei Seelen im absoluten Gleichklang, für immer, aus Liebe gewebt.

Die Klänge eines Saxophons wehten über den großen See, das Hohe Lied der Liebe: *Wer ist, die da erscheint wie das Morgenrot,/wie der Mond so schön, strahlend rein wie die Sonne,/prächtig wie die Himmelsbilder?/Deiner Hüften Rund ist wie Geschmeide,/gefertigt von Künstlerhand. Dein Schoß ist ein rundes Becken,/Würzwein mangle ihm nicht./Dein Leib ist*

ein Weizenhügel,/mit Lilien umstellt./Deine Brüste sind zwei
Kitzlein,/wie die Zwillinge einer Gazelle …

Ach, sagte Strömberg.

Er umarmte und küsste das Kopfkissen und hatte es
auf einmal sehr eilig, seinen Laptop zu begrüßen. Er
wollte Adaja seinen Traum erzählen und freute sich auf
den Morgengruß, den sie wahrscheinlich schon vor
Stunden geschickt hatte.

Sie schrieb, sie werde jetzt gehen. Sie könne der Liebe
nicht standhalten Für immer und ewig werde er bei ihr
sein. Er solle sie bitte gehen lassen. In Liebe, für immer
…

Strömberg hatte gerade die erste Zigarette aufgeraucht,
da klebte die zweite schon zwischen den Lippen.

Er saß am Ufer des großen Sees und hoffte, dass der
Wind ihm einen Fährmann schickte, der ihn zu einer
Insel brachte oder wenigstens *bis ans Ende der Welt, und
dann gerade in den Himmel hinein*, und wartete bis zur
feierlich stillen Nacht. Irgendwo hatte er gelesen, dass
eine Träne etwa 15 Milligramm wog, dass der Mensch
in seinem Leben eine Badewanne mit Tränen füllte.

Mit Sonnenaufgang verschickte er ein Gedicht, das er kurz zuvor dem Mond vorgelesen hatte:

Für immer

In dieser Nacht

lebst du dein Leben

rückwärts von einem

für immer

zum nächsten kleinen Tod

der die Worte sich vom Mund

abspart und irgendetwas geschieht

von dem du nicht weißt

was es bedeutet und derselbe Mond

über Rosenwil und Berlin und

die Schatten sind gewesen es wird

sich nichts mehr ändern doch schön

bleibt mein Traum.

20

Der Sommer zog sich bis in den September hinein, heißer Saharawind, Temperaturrekorde. Strömberg besänftigte die Hitze mit einem Tischventilator und schrieb Texte für die Wortagentur. Er hatte keine Lust, ein Gespräch mit dem Sommer zu beginnen.

Am Sternenhimmel standen die Zeichen auf Herbst. Das Sommerdreieck aus den hellen Sternen Deneb, Wega und Altair wandte sich in der ersten Nachthälfte nach Westen. damit im Osten Kassiopeia und Herbstviereck genug Platz hatten.

Merlot war der verlässlichste aller Freunde. Er schenkte, wenn man ihm lange genug zusprach und mit dem frugalen Ergebnis zufrieden war, Strichpunkte zur weiteren Verwendung. Das Semikolon, das längst aus der Mode gekommen war, konnte zwischen gleichrangigen Wortgruppen stehen, zum Beispiel Schmerz Strichpunkt Amnesie. Merlot erwartete niemals eine Gegenleistung.

Hinter Strömbergs genialer Stirn schwebten ein paar Gedichte. Mit seiner redundanten Fantasie durchwanderte er die vergangenen Wochen und endete stets in der endlosen Steppe der Sehnsucht. Hier gab es keine bewohnbaren Flächen, nicht einmal einen Laden, in dem man Zigaretten und Wein hätte kaufen können.

Ich vermisse dich, sagte er und war sich sicher, dass er an diesem Punkt sein Leben ausgeschöpft hatte. Konnte man sich jemals sicher sein? Die Welt war eintönig grau geworden. Alles trieb fort.

Nach Mitternacht starrte Strömberg in Adajas südliche Richtung und freute sich, wenn der Mond ihm Gesellschaft leistete. Er erzählte seinem Vertrauten, dass sie ihm geschrieben habe, sein Gedicht sei sehr schön, dass sie der Liebe nicht standhalten könne, dass sie ihn nicht als Freund verlieren wolle. Eine Freundschaft sei oft wertvoller als eine Beziehung. Sie habe viele nette Menschen in ihrer Umgebung, die ihr oft ein Lächeln schenkten. Sie zweifele an ihrer Beziehungsfähigkeit. Sie habe das Alleinsein genossen. Sie habe Angst und Zweifel wegen ihrer großen Freiheitsliebe, der unbändige Drang, ungebunden zu sein …

Der Mond eine gleichgültig schweigende Sichel. In Strömbergs Kopf tönten obstinate Sprechgesänge, die gegen alles gerichtet waren, was Besserung versprach.

Erst als er ein paar Sterne an den nachtschwarzen Himmel gezeichnet hatte, war der Einäugige wieder König, der mit zwei Fingerspitzen die verworrenen Schatten bändigte.

Als Strömberg erwachte, dachte er an Adaja und dachte, dass er sie wiederfinden musste, sonst würde er sterben und bei dem Gedachten schüttelte ihn ein hartnäckiger Hustenanfall, dass er glaubte, jetzt sei es entschieden.

Hoffnung ist die Mutter der Dummen. Strömbergs gesammelten Sprüche, jederzeit abrufbar, abgetragenes Allerweltswissen, das weniger als eine Binse Weisheit wog.

Komm zu mir, wenn du alt wirst, sagte Strömberg. Komm zu mir, wenn du Gänsehaut hast. Denk an meinen Namen, wenn der große See düstere Tage ans Ufer spült und komm zu mir. Vermisse mich, vermisse mich, Adaja. Lalaluna.

Wenn man Tränen schreiben könnte …

Die übermüden Augen staunten einen Mond an, der rot blutete, maronenrot. Der Gnom, fast ein Gnom, wusste nicht, was er davon halten sollte.

111

Ach, sagte Strömberg.

Der fast ein Gnom kletterte auf das Fensterbrett, lauschte dem Wind, der auf einmal aus Nordost wehte und hüpfte in das Nichts. Er hatte vergessen, dass er nicht fliegen konnte. Als er den Boden unter den Füßen verlor, trugen ihn Wörter, die im Überfluss aus den viel zu großen Ohren rieselten und in der Luft schlagartig einen fliegenden Wörterteppich webten.

Er landete zwischen zwei artifiziellen Pflanzen im Garten der Träumer und fand es diesmal nicht der Mühe wert, auch nur eine Pore seiner Haut zu verbergen.

Schön, dich zu sehen, sagte die unbiegsame Rose.

Er sagte, er komme hoffentlich nicht ungelegen.

Mein Wortmaler kommt mir immer gelegen, sagte die unbiegsame Rose. Magst du mir ein paar Worte malen? Seine Worte seien wohligwarm und zum Einkuscheln. Und sie sage bewusst Worte und nicht Wörter. Sie habe die Unterscheidung schon verstanden. Und in den frühen Herbstnächten, wo der Wind plötzlich kalt aus Nordost wehe, habe sie ein Bedürfnis nach wärmender Kurzweil.

Du bist die Wortmalerin, sagte er. Selbst wenn du schweigst, bewortest du mich. Stumm neben meinem Körper spüre ich deine ehrliche Zuneigung.

Sie fragte, ob er sie küssen wolle.

Sie würde Tränen schmecken, wenn sie seine Lippen berührte. Sie küssten sich. Der Gnom, fast ein Gnom, starb fast vor Glück und wollte sich nie wieder bewegen und die Augen für immer geschlossen halten und dachte, dass es vielleicht nur die Worte waren, die sie küsste. Er wünschte sich, den Rest seines Lebens so zu verbringen, wie diese Sekunden jetzt.

Strömberg schloss das Fenster, setzte sich mit einer Zigarette zwischen den Lippen an den Laptop. Die Geschichte schrieb sich fast von selbst, als ob sie schon ewig in seinem Kopf gewesen wäre. Ein glückliches Ende, für ihn und für die Geschichte: Adajas Mondgeschichte: *Mein kleiner Wortmaler-Gehilfe malt dir Schlafzauberworte …*

21

So schön. Absolut!

Adaja Lalalunas Stimme strömte bis in Strömbergs Bauch und wärmte wie eine Wärmflasche.

Ich wünsche mir, dass du mir die Mondgeschichte bald einmal vorliest, sagte sie.

Er sagte, er könne sie gleich jetzt vorlesen. Sie läge ausgedruckt auf seinem Schreibtisch.

Nicht am Telefon, sagte sie. Sie wolle beim Vorlesen eng neben ihm liegen und seine Haut spüren.

Warten. Alles dauerte eine Ewigkeit und noch länger, bis er halbwegs verstand, dass sich erfüllte, was er sich so sehr gewünscht hatte. Nun schwebten Adajas Worte wie regenbogenbunte Seifenblasen über seinem Kopf. Er fürchtete, er könnte mit einer falschen Bemerkung alle zum Platzen bringen.

Sie fragte, was er davon hielte, wenn sie nach Berlin käme.

Darüber hatte er lange nachgedacht. Nun hatten die Gedanken ihn eingeholt. Er sagte, er freue sich. Klang das distanziert?

Sie sagte, sie werde selbstverständlich alles bezahlen.

Er sagte, das müsse sie nicht.

Schweigen.

Schweigen.

Schweigen.

Gedenke derer,/ die einst Gespräche wie Bäume gepflanzt haben
… Wenn er nicht komplett falsch lag, hatte Peter Huchel diese Zeilen geschrieben. Gespräche pflanzen. Einander fragen. Liebevoll. Schweigen und Gespräche pflanzen und schweigen bei geöffneter Tür.

Sie sagte, ich liebe dich.

Ich liebe dich, sagte er.

Sie sagte, ich möchte, dass wir uns beim ersten Mal in einem Hotel treffen.

Damit war er einverstanden.

Sie bat ihn, die Mondgeschichte vorzulesen, jetzt. Er räusperte sich mehrmals, ein Katzenräuspern, drückte das Telefon fester ans Ohr, nahm das Blatt vom Schreibtisch, lief drei Schritte in ihre südliche Richtung, trat einen halben Schritt zurück, damit er nicht unmittelbar das schmutzbefleckte Fenster vor der Nase hatte, las mit weicher Stimme in ihre südliche

Richtung und fühlte sich dabei wie der Sonnenkönig in einem blühenden Frühlingsgarten.

Danke, mein Wortmaler.

Ich liebe dich, mein Engel, sagte er.

Sie sagte, sie habe eine Bitte. Die Geschichte solle allein ihr gehören und niemals irgendwo veröffentlicht werden. Für immer mein …

Versprochen, sagte er. Für immer dein!

Für einen kurzen Augenblick erkannte Strömberg, dass er für sein Vertrauen ein Zuhause gefunden hatte. Der Mond schien weiß.

Er sagte, sie beflügele ihn. Gerade habe sich eine Idee in seinem Kopf eingepflanzt, ein wunderbarer Einfall, aus dem ein Buch entstehen könne, die Geschichte ihrer Begegnung. Natürlich sei das Ende noch völlig offen, wenngleich er hoffe und wünsche, dass sie für immer im Offenen verweilten, respektvoll, schützend, liebevoll, in Freiheit vereint und vertraut, und er hoffe und wünsche, dass sie auch beim Schreiben seine kluge Begleiterin sein möge und …

Ach, unterbrach sie ihn.

Schweigen.

Er hörte ihr Schweigen.

Sie sagte, sie müsse nun gehen.

Er hörte allein das Schweigen.

Er besaß keinen Zauberstab wie Shakespeares Prospero. Er dachte, wie angenehm es sein müsste, einmal gar nichts zu denken. Das Leben war kein Roman, vielleicht war es Kino. Immer Warten. Warten mit einem Fragezeichen am Ende. Das war noch unangenehmer als das ständige Denken.

Strömberg ging der Frage nach, ob man *Puppen und Marionetten sammeln könne,* die er in einer halben Stunde beantwortet hatte. Es folgte ein *informativer und erklärender Text zum Thema Klimmzugstange.*

Strömberg hellte das disharmonische Grau der stumpfsinnigen und karg bezahlten Lobhudelei mit einem Stück Schokolade auf, Edelnougat, es klebte auf der Zunge und musste mit Merlot gespült werden.

Adaja schrieb, sie sei gerade sehr aufgewühlt. Sie spüre eine große Hoffnung in seinen Worten. Er sei ein sehr guter Schriftsteller. Was er schreibe, solle einzig seine Bestimmung sein. Sie möchte ihm nicht reinreden. Das stehe ihr nicht zu. Sie wolle keinen Druck, keine

Erwartungen, keine Ängste. Er sei ein großartiger Mann. Das meine sie ehrlich. Sie wünsche sich, dass er und sie Freunde blieben ...

22

Schweigen.

Er hörte nicht einmal mehr das Schweigen. Zwei Sternschnuppen, die fern voneinander stürzten. Schreiben. Nicht aus Freude, sondern um die Zeit im Verlies seiner Gedanken besser zu ertragen.

Die Gedanken waren voller Fallen und Gefahren. Gelegentlich wählte er Adajas Nummer und legte auf, bevor das Frei- oder Besetztzeichen ertönte.

Endtage im September. Sein Traum blieb schön. Und irgendwann ergaben sich wieder Wortberührungen, rücksichtsvolle Wegbeschreibungen, die keinen überforderten und in die Zukunft führten.

Einmal sagte Adaja, er werde niemals erfahren, wie sehr sie ihn liebe.

Zunehmender Mond, abnehmender Mond, der Fortgang der täglichen Verrichtungen. Dazwischen schriftliche und mündliche Liebkosungen. Zunehmend das Vermissen, die Tage waren noch nicht gezählt und längst war nicht aller Tage Abend. Sie waren verabredet. Das wog leicht, ohne jedoch die angstbeschwerte Waage im Gleichgewicht zu halten.

Adaja schrieb, sie spüre seine Angst, verletzt zu werden. Auch sie habe manchmal diese Ängste. In der Vorfreude auf das erste Treffen sei sie nur glücklich und umgeben von der großen Liebe. Seine Aussage, der Vogel könne davonfliegen, wenn er es möchte, habe ihr erst ermöglicht, die Ängste abzulegen. Sie liebe ihren allerliebsten Herrn Strömberg.

Sie freue sich, sein Engel sein zu dürfen. Nie zuvor habe sie eine so tiefe Liebe empfunden. Sie wünsche sich, die Liebe möge für immer halten.

Strömberg schleuderte dem Mond Handküsse zu und tanzte das neue Leben auf den abgezogenen Dielen seines Wohn- und Arbeitszimmers. Was, wenn er doch zu arm, zu alt, zu hässlich in ihrem ersten Augenblick war? Sein Fell war nicht dicker geworden.

Ach, sagte Strömberg. Es läuft so, wie es läuft.

Anfang November war es *für die Jahreszeit zu warm*. Das behaupteten jedenfalls die Meteorologen, aber für die Berufsnörgler war es immer zu heiß, zu trocken, zu kalt oder zu feucht.

Strömberg trug die rote Sommerhose, die er sich bei Aldi gekauft hatte, die einzige Hose, in der er sich halbwegs wohlfühlte.

Acht Stationen vom Wedding zum Kurfürstendamm, wo er in einem guten Hotel ein Doppelzimmer gebucht hatte. Adajas Flieger landete um 18 Uhr in Tegel. Er hatte zwei Stunden Zeit.

Strömberg füllte das Anmeldeformular aus. Er sagte, *seine Frau* käme später. *Seine Frau* würde ihre Karte zum Öffnen der Zimmertür persönlich in Empfang nehmen.

Er hätte gerne weitere Sätze gesagt, in denen Adaja als *seine Frau* in Erscheinung trat.

Wie Sie wünschen, Herr Strömberg, sagte der junge Mann an der Rezeption.

Strömberg schwebte zum Aufzug. Er streichelte das Türschloss mit der Plastikkarte. Sesam, die Tür öffnete sich, ein prachtvoller Raum im Vergleich zu seinem Weddinger Altbau. Er stellte sich ans offene Fenster, Blick auf den Kurfürstendamm, rauchend. Es dämmerte. Es war entschieden zu warm für die Jahreszeit.

Er rauchte hastig und schnickte die Kippe aus dem Fenster. Er lief im Zimmer auf und ab. Er verließ das Zimmer. Er rauchte eine Zigarette vor dem Hotel. Er suchte nach einem Blumenladen. Er rauchte eine Zigarette neben dem Eingang, bevor er das Blumenge-schäft in der Joachimsthaler Straße betrat. Er kaufte dunkelrote Rosen. Hinter ihm warteten Kunden. Er legte den Betrag abgezählt neben die Kasse.

Auf der anderen Straßenseite war ein Supermarkt, wo er Zigaretten und Prosecco besorgte. Auf der Straße rauchte er.

23

Eine SMS von Adaja. Sie war gelandet. Strömberg warf einen prüfenden Blick auf das Doppelbett, dessen eine Hälfte er mit Rosen und winzigen roten Herzen geschmückt hatte. Er schaute aus dem Fenster, sah zum Himmel, glaubte, getürmte Wolken zu erkennen, die den Eindruck erweckten, als stützten sie den fast vollen Mond.

Als es klopfte, flog Strömberg zur Tür.

18:43

7. November

Für eine Nacht?

Für Stunden?

Für ein paar Minuten?

Oder

für immer ....

Für Strömberg war es längst entschieden, er stand der Liebe seines Lebens gegenüber.

Du bist die Erfüllung all meiner Gebete. Du bist ein Lied, ein Traum, ein Flüstern, und ich weiß nicht, wie ich so lange ohne dich habe leben können.

Adaja Lalaluna lächelte, den Kopf leicht zur linken Schulter geneigt, scheu und zugleich entschlossen schaute sie ihn an.

Die Tür fiel ins Schloss. Adaja und Strömberg lagen sich in den Armen, eine herzbebende Mondgeliebte, die der Wortmaler niemals wieder loslassen wollte. Vorsichtige Lippenberührungen. Ihr Herz raste. Sie sah das geschmückte Bett.

So schön, sagte sie.

Er dachte, *du bist so wunderschön, dass es schon wehtut.* Ein Augenblick der Panik beim Gedanken an seine Hässlichkeit. Er fing sich rasch. Sie packte ihren kleinen Rollkoffer aus, erzählte vom Flug und vom Taxifahrer, der sie bis zur Rezeption begleitet und zum Abschied mit trauriger Stimme gesagt habe, man werde sich wohl nie wieder sehen …

Sie lachte und sagte, das habe schon ein wenig traurig getönt , während Strömberg einen Nadelstich in seinem Herzen spürte.

Für dich, sagte Adaja und überreichte ihm die *Neue Zürcher Zeitung.*

Er bedankte sich und sagte, er sei der vorletzte Zeitungsleser. Früher habe er einmal davon geträumt, von Beruf Zeitungsleser zu sein. Jetzt kaufe er sich nur noch jeden zweiten Tag eine Zeitung. Die Zeitungskrise sei eine Krise des Journalismus. Ein Teufelskreis. Um Geld zu sparen, vergraule man die letzten und vorletzten Zeitungsleser und gewänne keine neuen hinzu. Die *Frankfurter Rundschau*, früher sein Lieblingsblatt, das schon sein Großvater gelesen habe, sei ein Beispiel für schleichenden Qualitätsverlust über Jahre. Die *NZZ* zähle immer noch zu den qualitativ hochwertigen Blättern.

Sie nahm ihn in die Arme und stoppte sein nervöses Gerede mit einem Kuss. Ihre Lippen waren warm und weich. Er schmiegte sich eng an das weiße Polo-Hemd, spürte ihre Brüste, noch mehr Wärme, ihren Herzschlag, unaufgeregt, Adaja, so warm und weich wie das Fell einer Katze.

Zwei Liebende liebten die Steine und deren diskretes Schweigen und ruhten in sich. Sie lagen auf der nicht dekorierten Seite des Bettes. Jeder bei sich und ganz bei dem anderen. Zärteln. Sie hauchten Küsse. Sie blickten auf und staunten sich an. Sie berührten sich, um sich zu vergewissern, dass sie nicht träumten.

Adaja zog etwas aus der Hosentasche ihrer Jeans und drückte es Strömberg in die Hand, ein rotes Herz, marmoriert, aus Stein. Für immer …

Sie trugen ihr Glück hinaus auf den großen Boulevard. Strömberg rauchte. Adajas Lachen lenkte die Lichterflut auf die Liebenden, die auf dem Kurfürstendamm in Richtung Bleibtreustraße tanzten.

Mein Engel, sagte Strömberg.

Adaja sagte, sie sei froh, sein Engel sein zu dürfen.

Ich liebe dich, sagte Strömberg.

Vor der Auslage eines Juweliergeschäfts blieben sie stehen und küssten sich lange und innig.

Später konnte man einmal sagen, da sind zwei gegangen und haben einander nichts gefragt und alles mit ihren Händen und Lippen gesagt. Licht, so viel Licht, dass nichts aus den Wolken zu lesen war.

24

Abschiedswölkchen kräuselten sich am Himmel über Charlottenburg. Strömberg behielt die Entdeckung für sich und vertraute dem lieben Mond, der kurz seinen Platz über den Turmwolken verließ, sich zu ihm hinab beugte und flüsterte, er müsse keine Angst haben, eine Umkehr sei ausgeschlossen.

In der Bleibtreustraße kehrten sie bei einem charmanten Italiener ein, Lasagne und Spaghetti, Merlot, nah und näher, Fingerzärteln, Augenstreichler, eins in eins.

Später zahlte sie die Rechnung. Sie sagte, sie habe es versprochen. Und er war froh, wenigstens sein Konto bei der Buchung des Hotelzimmers belastet zu haben.

Im Hotel räumte Adaja das Bett frei. Nun standen die Rosen in einer Vase auf einer Kommode neben dem Fernseher. Die Herzchen hatte sie in eine Tüte gepackt.

Sie tranken Prosecco, lagen in ihrer Kleidung auf dem Bett und waren sich nahe, und weil sie sich nahe waren, war ihnen alles vertraut, was liebende Menschen machen. Ihr Polo-Shirt war verrutscht und gab den Blick auf den Bauchnabel frei.

Er sagte, sie trage einen schönen Gürtel. Dann küsste er den Bauchnabel. Er sprach von ihrer Schönheit, dem jugendlichen Aussehen.

Sie sagte, er solle nicht übertreiben.

Er untertreibe, sagte er.

Sie sagte, sie habe sich wirklich ganz gut gehalten. Nur ihre Hände sähen alt aus, älter jedenfalls als der Rest.

Sie hüpfte aus dem Bett, kam mit einem Blatt zurück, das sie ihm reichte, *Adajas Mondgeschichte*. Er solle sie vorlesen, jetzt, bitte …

Strömberg schob das Kopfkissen in den Nacken. Adaja Lalaluna schmiegte sich an ihn und lauschte seinen Worten.

So schön, sagte sie. Die Geschichte habe ihr Herz endgültig für ihn geöffnet. Sie könne sie gar nicht oft genug hören. Und wenn er sie mit seiner schönen Stimme vorlese, sei es wie Gestreicheltwerden.

Er las die Geschichte dreimal vor. Fühlen. Strömberg hatte nicht geahnt, dass ein Mensch so tief fühlen konnte. Lieben. Alles was vorher gewesen war, konnte er vergessen, es gab nur dieses eine Lieben, diese eine Liebe.

Mein Engel, sagte er.

Es begann die Zeit des Schwebens, endlos, und es war so wirklich wie irgendetwas. Es folgte eine Sekunde Ewigkeit nach der anderen. Strömberg hatte herausgefunden, was ihm gefehlt hatte, und er wollte es nie wieder verlieren und vermissen müssen. Die Gefühle steigerten sich ins Pathetische, und es war absolut legitim und etwas vollkommen anderes, als in der Nacht mit dem Wind zu pfeifen.

Eine Nacht hörte man in jeder Ecke Berlins ihr Gelächter des Glücks. Irgendwann schlief sie in seinen und er in ihren Armen ein. Der Morgen war hell. Draußen war es wieder für die Jahreszeit zu mild und für das Frühstück im Hotel zu spät.

Im Literaturhaus in der Fasanenstraße aßen sie Rührei, liefen dann den Kurfürstendamm auf und ab, Hand in Hand oder sie bei ihm eingehakt, wenn er rauchte. Alle paar Schritte blieben sie stehen und zärtelten mit den Lippen.

Später am Nachmittag lagen sie im Zimmer auf dem Bett und näherten sich den Träumen der Nacht, überholten sie mit liebevoller Leichtigkeit, anmutige

Hautgeschichten, die mit den Händen und den Lippen geformt wurden, die keine Pore vergaßen und die Alltagsworte ad absurdum führten. Ohne Maß liebten sie sich ins Grenzenlose.

Der Mond, für das Auge des Laien immer noch ein voller, war aufgegangen. Adaja und Strömberg saßen im *Zwiebelfisch* am Savignyplatz, ein Lieblingsort von ihm.

Er sagte, der *Zwiebelfisch* sei seit 1967 eine Institution am Savignyplatz. Von den Stammgästen werde das Lokal *Fisch* genannt. Er sei leider kein Stammgast, was er auch deshalb bedaure, weil im *Fisch* sein Lieblingsgetränk ausgeschenkt werde – Apfelwein aus Hessen, stilecht serviert im *gerippten* Glas. Wenn die Küche auch noch Grüne Soße anböte, wäre der *Fisch* nahezu perfekt. Grüne Soße sei angeblich Goethes Lieblingsgericht gewesen. Sie bestehe aus sieben Kräutern …

Sie aßen schwäbische Maultaschen. Strömberg überlegte, ob er zu viel redete, ob die Monologe eines alten Mannes, der lange, zu lange allein gewesen war, seiner jungen Mondgeliebten vielleicht auf die Nerven

130

gingen. Wenn es so war, ließ Adaja sich nichts anmerken.

So schön, wenn du erzählst, sagte sie und streichelte seine Hände.

Ehe er sich versah, hatte sie wieder die Rechnung beglichen. Strömbergs Unbehagen küsste sie weg. Hand in Hand über die Bleibtreu. So ein wunderbarer Straßenname, dachte Strömberg. Für immer bliebe er Adaja treu.

Er erzählte, dort in dem Haus habe zwischen 1936 und 1938 Mascha Kaléko gewohnt, eine Dichterin, die er sehr verehre.

Der Mond hatte längst das Uhrwerk der Nacht aufgezogen. Strömberg vergewisserte sich mit einem raschen Handgriff, dass sich das steinerne Herz noch in seiner Hosentasche befand. Für einen Augenblick hatte er das Gefühl gehabt, er hätte es verloren.

Sie sagte, sie sei sehr verletzlich. Sie sei immer offen und ehrlich. Sie könne leicht gehen, wenn es ihr nicht mehr passe. Sie sei kein Kind von Traurigkeit.

Er legte seinen Arm um ihre schmalen Schultern, zog sie vorsichtig an sich und küsste sie gefühlvoll. Beider

Lippen wechselten von einem Kuss zum nächsten, und wenn sie sich kurzzeitig nicht berührten, flüsterten sie von einer einzigartigen Liebe. Unter der mondbeschienenen Straße erhob sich eine Leiter, deren Sprossen aus Marmor waren. Sie führte in die unendliche Nacht.

Ich liebe dich, sagte Strömberg. Mein Engel ...

Sie sagte, sein Engel sei sie sowieso für immer.

Dann flüsterten wieder die Lippen, was die Herzen fühlten. *Sternenstaub ... ich seh die blaue Blume/ sie blüht im grünen Gras/ Zeit wird einerlei/ ich denk mir nichts dabei/ ich träume von dir und ich sehe was ...*

25

Wo war der Anfang, wo das Ende?

Nach dem Frühstück im Hotel packten sie die Koffer und lagen noch eine Stunde umschlungen auf dem Bett. Adaja bat um seinen Schal, damit sie zu Hause mit seinem Geruch in der Nase einschlafen und aufwachen könne.

Sehen wir uns wieder?

Er sprach aus, was sie, so hoffte er, auch beschäftigte.

Tränen.

Die Traurigkeit flog Strömberg an, nicht völlig aus dem Nichts. Wie feiner Sternenstaub rieselte sie aus den Abschiedswölkchen, die, obwohl die Fenster geschlossen waren, in das Zimmer geflogen kamen und wenige Zentimeter unterhalb der Zimmerdecke schwebten. Im Gegensatz zum dunkelroten Sternenstaub waren die gröberen Körnchen der Traurigkeit eindeutig grauschwarzdunkelblau.

Trinken und tanzen, damit wurde er sie manchmal los, wenn sie ihn in seinem Berliner Altbau heimsuchte. Wenn er Pech hatte, saß er eine lange Nacht im Grauschwarzdunkelblau und wusste nicht ein noch aus.

Sehen wir uns wieder?

Kein Ja, kein Nein, auch kein Vielleicht.

Im Taxi zum Flughafen steckte sie ihm 50 Euro zu, damit er von Tegel zurück nach Wedding fahren könne. Zu Hause, als er am Küchentisch saß und die *NZZ* las, schämte er sich dafür.

Sie hatten noch Zeit am Flughafen und tranken Kaffee. Die letzte Umarmung, noch einmal spürte er ihre seidenweichen Lippen. Sie verschwand hinter einer Tür aus Milchglas. Er lief ins Freie, setzte sich auf eine Bank, rauchte und sprach heftig gegen die Traurigkeit, die ihm vom Hotel nach Tegel gefolgt war. Sie solle sich zum Teufel scheren. Er habe mit der großartigsten Frau der Welt das schönste Wochenende seines Lebens verbracht. Da sei jede Art von Traurigkeit absolut fehl am Platz. Bestenfalls ein Hauch Wehmut sei unter diesen Umständen zu akzeptieren. Darauf trank er ein Glas Merlot.

Es war viel Heiteres geschehen ...

Er brühte sich einen Kaffee, dachte an Adaja und daran, was sie über ihre Hände gesagt hatte.

Zur halben Nacht

lagen deine Hände

auf meinen Narben wir schwebten

von Mond zu Mond

und ich sang der Liebsten

das Hohe Lied der Liebe

deine sanften Hände fragten:

Liebst du mich wirklich

zur halben Nacht war ich

der Schönredner wir tanzten

auf dem Traumseil

gespannt zwischen zwei Wolken

war der Wind ein löchriges Netz

zur halben Nacht

redete ich im Schlaf die Schöne

schöner noch küsste ich

deine sanften Hände

zur halben Nacht

liebe ich dich

ganz.

Am Morgen hatte sie sich an seinen Rücken gekuschelt. Daran dachte er jetzt, und wie sie seinen Nacken geküsst hatte und daran, dass er gesagt hatte, wie schön es wäre, einfach für immer liegenzubleiben. Oder gemeinsam in ein Flugzeug zu steigen und in den tiefsten Süden zu fliegen, für immer …

Strömberg trank das zweite Glas Merlot und durchlebte alles erneut, spürte und fühlte Adajas Herzbeben und vermisste sie schrecklich.

Er schaltete den Laptop ein. Sie hatte geschrieben, sie sei gut in Zürich und dann in Rosenwil angekommen. Sie vermisse ihn. Sie sei müde und werde bald schlafen gehen. Sie hatte ihm ein Lied geschickt: *You are so beautiful to me* … Unplugged, gesungen von Joe Cocker.

Später am Abend telefonierten sie. Adaja sagte, sie liege im Bett und könne nicht einschlafen. Sie vermisse ihn. Sie halte seinen Schal in der Hand. Er rieche so gut, Gerüche der Sehnsucht und des Vermissens. Dazu die Gedanken an die stille und zugleich wilde Schönheit der Tage und Nächte in Berlin.

Bei uns laufen die schönsten Farben ineinander, sagte Strömberg. Es sei ein stetes Fließen. Manchmal sähe es aus, als dominierte eine Farbe die andere. Dann fühle sich eine Farbe von der anderen bedrängt. Am Ende des Prozesses füge sich alles wieder zu einem stimmigen Bild zusammen.

Adaja sagte, das sei wahr. Das gemeinsame Fühlen habe viele Türen geöffnet. Sie habe gerade das Bild von der Insel vor Augen, von der er gesprochen habe. Dort möchte sie seine Frau sein und Kinder mit ihm haben.

Versprochen, sagte Strömberg.

Wenn unsere Kinder groß sind, werden wir immer noch liebevoll und zärtlich und freudig miteinander sein, gell.

Strömberg sagte, die Vorstellung von der Insel beflügele ihn. Er werde wahrscheinlich lange vor ihr dort sein, am Strand unter einer Palme sitzen und auf sie warten. Aus weiter Ferne werde er ihr Lachen hören und dem Wohlklang der Liebe folgen. Dann werde sie vor ihm stehen in einem weißen Kleid, tropfnass und lachend.

Mein Lachen und ein Strahlen, sagte Adaja. Aber er dürfe nicht vor ihr gehen. Das könnte sie nicht aushalten, niemals!

Er sagte, wir werden uns in den federpflaumweichen Sand legen und uns und die Wärme genießen, müssen nichts fragen und nichts antworten. Die Lippen sprechen mit den Lippen, die Hände mit den Händen, unsere Liebe spricht für sich.

So schön, sagte Adaja.

26

Da, wo ein Engel die Erde berührt / Da, wo der Himmel - uns allein gehört / Der Mond küsst die Nacht / Aus Sternenstaub gemacht / Nie war ich so verliebt - ein Paradies …

Strömberg stellte das Radio, das auf dem Küchentisch stand, etwas lauter, ein Schlager von Andrea Berg an diesem Dienstag im November, drei Tage bevor er Adaja wieder sehen würde nach der ersten Begegnung in Berlin, überraschend schnell zu seiner großen Freude, Einkehr bei ihr in Rosenwil.

Das Lied verklang. Bruce Springsteen und sein *The River* drehte er leiser und war ganz bei seinem Engel, der ihn so tief berührt hatte. Aus dem Garten der Träumer war eine Insel geworden, die sie sich immer wieder neu erträumten. Und der Gnom, fast ein Gnom, war mächtig gewachsen. Die unbiegsame Rose hatte sich in einen liebenden Engel verwandelt.

Eine Insel, Adajas und Strömbergs Insel, wie die versunkenen Eldorados, die in vergangenen Zeiten in den Karten der Weltmeere aufgetaucht waren, erfunden von fantasiebegabten Seeleuten, sagenumwoben und das Ziel tollkühner Expeditionen, auch dann noch, als ihre Existenz längst widerlegt war. Ihr Eiland der Liebe gab es wirklich.

Bevor er losflog, schrieb sie ihm, er solle nicht an sich zweifeln. Sie liebe ihn so, wie er sei.

Strömberg war nicht oft geflogen. Einmal nach Lissabon, eine Ferienreise, einmal nach Moskau auf Einladung des sowjetischen Schriftstellerverbandes, in Begleitung von lieben Kollegen, die lange verstorben waren. Ein Hauch Wehmut wehte durch sein Wohn- und Arbeitszimmer.

Die Zukunft begann jeden Tag neu. Die angeschimmelte Ware aus dem untersten Regal beim Discounter für Gebrauchsphilosophie war kein Trost. Lieber verlegte er die Zukunft, die nur mit Adaja erstrebenswert war, auf die Insel, dem zauberhaften Gebilde ihrer Fantasie.

Seine Vorstellungskraft hatte ihn sein ganzes Leben begleitet und gestärkt, die Reisen als Kind in ferne Länder dank Karl Mays Erfindungsgabe. Später die Reiseberichte in der Wochenendbeilage der *Frankfurter Rundschau*.

Ich bin gerade auf unserer Insel, sagte er.

Schön, sagte sie. Sie freue sich auf ihn.

An ihrer Stimme hörte er, dass die Freude nicht ungetrübt war, sie sagte, sie sei gespannt, wie sie es mit ihm aushielte. Sie lebe schon solange allein.

Frei wie ein Vogel, sagte er. Er habe gerade einen interessanten Artikel in der *Berliner Morgenpost* gelesen. Eine Gesellschaft, die stets zur Vorsicht mahne, bringe keine wirklich freien Menschen hervor. Der Mensch müsse den Mut entwickeln, sich seines Verstandes zu bedienen. Den letzten Gedanken habe Immanuel Kant gedacht. Freiheit bedeute demnach, dass man es getrost jedem Individuum überlassen könne, seine eigenen Regeln zu bestimmen. Allerdings funktioniere das nur, wenn der Mensch seinen Verstand gebrauche, ergo vernünftig handele, um mit einer vernünftig organisierten Gesellschaft übereinzustimmen. Das bedeute eine enorme Entscheidungslast für den Einzelnen. Deshalb sei es nicht verwunderlich, dass so viele Menschen sich lieber unter die Fittiche eines höheren Wesens begäben, einen Gott oder einen politischer Scharlatan oder göttliche und politische Unterwerfung in einem. Diese Unfreiheit werde von den meisten Menschen nicht als solche empfunden. Freiheit setze denkende Menschen voraus.

Mein Sensei, sagte sie und lachte. Sensei sei japanisch und heiße wörtlich übersetzt *vorheriges Leben* oder *vorher geboren*. Die Anrede meine einen älteren Lehrer, der seinen Schülern den Weg vorlebe und vermittele.

Strömberg sagte, alt sei er wohl, aber ein Lehrer wolle er nicht sein, schon gar nicht ihr gegenüber.

Ach, sagte sie, mein kluger Herr Strömberg.

Adaja Lalaluna lachte in sein Ohr. Es klang wie eine Sinfonie der Freude, die noch niemand komponiert hatte und exklusiv zu seinem Wohlgefallen gespielt wurde.

Ich liebe dich, sagte er, als der letzte Ton verklungen war.

Ich liebe dich, sagte sie und fragte, ob er das Buch *Der Himmel ist blau, die Erde weiß* kenne?

Er verneinte.

Sie sagte, es habe eine japanische Schriftstellerin geschrieben, Hiromi Kawakami, eine Liebesgeschichte. Sie handele von einer jungen Frau und ihrem alten Lehrer, dem Sensei. Seine Markenzeichen sei, dass er immer eine Aktentasche mit sich führe. Eine Freund habe ihr das Buch empfohlen. Wenn er komme, leihe sie es ihm.

Er fragte nach dem Altersunterschied zwischen den beiden.

Sie sagte, das sei doch unwichtig. Wenn er auf den Altersunterschied zwischen ihnen anspiele, dann sei es in erster Linie sein Problem. Er könne es nicht sagen, und sie wisse es auch nicht, wie sich das bei ihnen entwickeln werde. Das treffe ebenso auf die Entfernung zu.

Er sagte, Vertrauen sei die spektakulärste Art von Mut.

27

Auf dieser Bahnfahrt im Spätherbst war der Zug von Zürich nach Rosenwil auf die Sekunde pünktlich. Adaja empfing Strömberg vor dem kleinen Bahnhof. Er war zum ersten Mal in seinem Leben in der Schweiz, aber das war unwichtig. Er hätte seine Mondgeliebte auch in Nordkorea besucht und wäre ein linientreuer Reisbauer geworden, wenn er dadurch für immer hätte bei ihr bleiben können.

Sie umarmten und küssten sich, eine paradiesische Freude. Er nahm auf dem Beifahrersitz Platz, schnallte sich an, vorher noch einmal innig-zärtliche Lippenberührungen..

Novemberlicht, das jede Maisonne in den Schatten stellte.

Sie fragte, ob er ihr Lädli sehen wolle.

Im Schaufenster lagen zwei Bücher von ihm, ein Gedichtband und sein Berlin-Krimi.

Ach, sagte er. Das sei doch nicht nötig gewesen.

Ach, sagte sie.

Es tönte verärgert, dabei waren seine Worte nur eine unglückliche Mischung aus Verlegenheit und seiner manchmal seltsamen Ironie. Daraus ergaben sich oft Missverständnisse, nicht nur zwischen Adaja und ihm.

Drinnen wurden sie von einer kräftigen und freundlichen Frau Stirnemann begrüßt, die immer dann im Lädli aushalf, wenn Adaja Zeit für sich brauchte. Es gab eine Leseecke mit Korbstühlen, Bistrotischen und einer orangefarbenen Leselampe aus Papier.

Strömberg sagte, es sei ein wunderschönes Lädli. Wenn er hier wohnen würde, wäre er Stammkunde.

Frau Stirnemann lachte.

Adaja redete mit ihr auf Schwyzerdeutsch. Strömberg verstand kein Wort und vertiefte sich in der Kinderbuchecke in ein Buch, in dem es um einen *lachlosen Herrn Ohnedies* ging.

Ehe er erfuhr, warum Herr Ohnedies nicht lachte – Strömberg vermutete, dass er schiefe Zähne hatte – trat Adaja zu ihm und flüsterte in sein Ohr, sie habe jetzt ganz viel Lust auf ihn.

Sie fuhren zu ihrer Wohnung. Sie zeigte ihm Bad und Schlafzimmer, sagte, sie liebe ihr Bett. Ob er einen Kaffee gebrauchen könne?

Er verneinte und rauchte auf dem Balkon. Eine Schneise zwischen den gegenüberliegenden Häusern gab die Aussicht auf den großen See frei. Weiter entfernt an der anderen Seite des Sees sah man weiße Berggipfel.

Adaja stand plötzlich hinter ihm, schlang den Arm um seine Hüften und küsste seinen Nacken. Er drückte die Kippe im Aschenbecher auf dem rechteckigen Holztisch aus. Sie umarmten sich, sie küssten und streichelten und weckten die Lust, die unter der Haut schlummerte und sofort hellwach und bereit zum endlosen Schweben war.

Eine Insel in der Weite des Meeres. Die Wellen züngelten ans Ufer, warm und mit einem angenehmen Salzgeschmack das Wasser. Die Wellen hörten auf Neptun, der ihnen nur vier, fünf Meter Ausgang an Land gestattete. Dann kehrten sie brav zurück.

Adaja und Strömberg, zwei arglose Träumer, liebeleibverbandelt. Tropfen des salzigen Wassers nässten Adajas Brüste. Millionen Herzchen in allen Farben der Welt flirrten in der Sonne, bildeten ein riesiges Herz über dem Wasser, teilten sich wieder, schrieben ein kunterbuntes *Für immer* an den Himmel. Die Buchstaben leuchteten bis zum schlafenden Mond hinauf und zurück.

Der Wortmaler malte Geschichten für die Mondgeliebte, Wortbilder, die er noch keiner Frau geschenkt hatte, die einzig für Adaja bestimmt waren.

Ich liebe dich, sagte er.

Mein, für immer mein, nie, nie, niemals will ich dich teilen, sagte sie.

Sie blieben auf ihrer Insel, flüsterten Hautgeschichten, bis es draußen dunkelte.

Bitte lies mir die Mondgeschichte vor, bat sie.

Sie lag griffbereit in der Nähe des Bettes. Strömberg bedauerte, dass Adajas Mondgeschichte so kurz war. Am liebsten hätte er ihr bis zum Sonnenaufgang vorgelesen.

So schön, sagte Adaja. Mein, niemand sonst soll sie lesen, niemals …

Versprochen!

Der nächste Tag zauberte gläserne Wolken an den Himmel über Rosenwil. Der große See lachte. Die Blasen des Wasser sprachen leise. Strömberg lauschte den wässrigen Worten auf Schwyzerdütsch: *Ewigi Liäbi - das wünsch ich diär/ewigi Liäbi - das wünsch ich miär/ewigi Liäbi - numä für üs zwei/ewigi Liäbi - fühl mich bi dier dehäi* ...

Sie waren nach Feldbach zum Strandbad gefahren, einer von Adajas Lieblingsorten, saßen nahe beieinander auf der Holzbank vor dem kleinen Haus, das während der Badesaison als Kiosk genutzt wurde.

Ein Schwanenpaar spiegelte das Weiß der nahen Alpengipfel, Entenvolk im Gefolge. Adaja und Strömberg schwiegen, ein angenehmes Schweigen, das mit dem Schweigen des anderen korrespondierte.

Immer und ewig sitzen bleiben, bei Adaja, mit ihr auf den großen See schauen, befreit von allen Selbstzweifeln, *ewigi Liäbi* ... Strömberg schmiegte sich enger an seine Mondgeliebte, als hätte er Angst, sie könne aus seinem Leben schlüpfen.

Er sagte, mein Engel.

Dann zündete er sich eine Zigarette an. Er sei nicht der Meinung, dass der Mond untergehe wie die Sonne. sagte er.

Adaja lachte. Hauptsache wir haben uns.

Sie fingerte in den Taschen ihrer Jacke und holte ein mit Nieten besetztes Lederarmband hervor.

Strömberg liebte es auf den ersten Blick. Er befestigte das Armband am rechten Handgelenk. Adaja zeigte ihm die Doublette, die sie am rechten Handgelenk trug.

Sie sagte, die Armbänder sollen unsere tiefe Verbundenheit zum Ausdruck bringen.

Er sagte, er werde es immer tragen, wie er auch das steinerne Herz stets in seiner Hosentasche habe. Es wiege leicht und beschütze ihn.

Ihr Beschützer sei der Mond, sagte sie. Seine wunderschöne Mondgeschichte habe erst alles möglich gemacht. Ob er das wisse? Sie könne es nicht beschreiben, was die Geschichte bei ihr ausgelöst habe. Sie sei einzig.

Du bist einzig, mein Engel.

Drück mich, sagte sie.

28

Woher wehte der Wind?

Der fliegende Müll in der Groninger Straße wusste von nichts. Strömberg schloss die Balkontür. Es war nun doch Herbst geworden. Der Novemberfrühling am großen See ruhte bei den Erinnerungen. Nicht ungewöhnlich, aber Strömberg wunderte sich dennoch und hätte sich am liebsten in irgendetwas verkrochen.

Ein Glück nur, dass für zukünftige Erinnerungen gesät war. Es war ausgemacht, sich am zweiten Weihnachtstag und *zwischen den Jahren* in Stuttgart zu treffen. Ein befreundeter Kollege von Strömberg hatte dort eine Zweitwohnung, die zu der Zeit frei war.

Für Adaja war es von Rosenwil nach Stuttgart mit dem Auto fast ein Katzensprung.

Strömberg liebkoste das Nietenarmband und streichelte das steinerne Herz. Er flüsterte den Namen der Mondgeliebten. Von der zigarettenrauchgelben Zimmerdecke rieselte Sternenstaub.

Er mailte Adaja ein Lied von Klaus Hoffmann: *Weil du noch Mut hast, um zu träumen,/weil in dir Schmetterlinge*

sind, / und weil du Zeit hast, dich an Bäumen / halbtot zu freuen
wie ein Kind ... weil es dich gibt, liebe ich dich.

So schön, sagte sie.

Strömberg drückte das Telefon fest ans Ohr. Sein Herz lachte glucksend. Er spürte, wie er wuchs, und er wollte weiterwachsen, weit in alle Ozeane hinein bis zu ihrer Insel.

Er vermisse sie ganz arg.

Adaja folgte seinem Gedankenflug. Hundertfünfundzwanzig Monde weit schwebten sie zum Eiland der Liebe, brachten das Wasser zum Dampfen und die Delfine zum Erröten.

Er verzehrte sich nach warmer Haut, wurde still. Sie schwiegen ins Wunde und hatten keine Erklärung für das längst Begriffene. Strömberg griff tief in die Wörterkiste der freundlichen Art und wünschte sich, dass das Wünschen half.

Sie fragte, was mit ihm sei.

Er wiegelte ab.

Sie spüre seine Wehmut.

Ach, sagte Strömberg.

Ach, sagte Adaja.

Sie sagte, es sei diesmal nicht nur das Vermissen. Ob er kein Vertrauen zu ihr habe?

Doch. Er vertraue ihr absolut.

Dann solle er es zeigen.

Er sagte, die Jahreszeiten seien ohne Schuld. Sie kämen und gingen. Er bewege sich zu jeder Jahreszeit auf der Kippe. Es sei nicht der Rede wert. Er müsse wieder mehr schreiben für den Textvermittler.

Er hörte, wie sie sich von ihm entfernte und bereute, dass er seine Kümmernis erwähnt hatte. Es gab kein Zurückrudern. Sie verabschiedeten sich.

Adaja war fort.

Eine Stunde später las er, was sie ihm kurz nach dem Telefonat gemailt hatte. Sie sei ziemlich aufgewühlt. Ein Mann in seinem Alter müsse seine Finanzen im Griff haben. Seine spezielle Situation werfe Fragen für zukünftige Treffen auf. Sie werde sich erst einmal zurückziehen, denn ihre Gesundheit sei ihr wichtig.

Woher wehte der Wind die Liebe und wohin?

Für eine Frau, die den Mond zum Freund hat, gibt sie sich viel zu hart, dachte Strömberg.

Er und Merlot spazierten die ganze Nacht auf wortlosen Wegen über die Insel. Im Sand blieben dunkle Spuren zurück. Er rekapitulierte, was Adaja geschrieben hatte, und jedes Wort war ein Nadelstich.

29

Strömberg träumte von heißem Wüstensand, und manchmal begann er zu weinen, gefrorene Tränen, die wie Murmeln über die abgezogenen Dielen rollten und sich in winzigen Pfützen auflösten. Es gab verschiedene Arten zugrunde zugehen. Das wusste er lange, bevor er Adaja begegnet war.

Wer nicht sprechen kann, der schreibt.

Behutsam, wie sie es schon oft geübt hatten, tauschten sie bald wieder Gedanken aus, liebevoll gekleidet in pastellfarbenen Wortgewändern tanzte das Vermissen zwischen Berlin und Rosenwil den Tango Amore.

Meine Mondgeliebte, meine unbiegsame Rose, sagte Strömberg.

Adaja sagte, so unbiegsam sei sie nicht. Seine Liebe habe ihr geholfen, weicher zu werden. Sie sei biegsamer geworden, aber noch immer sehr mimosenzart.

Sie lachte.

Ich liebe dich, mein Engel, sagte Strömberg.

Sie sagte, Engel flögen mal da und mal dort. Sie spüre seine Traurigkeit, die Traurigkeit seines Lebens. Und sie spüre, dass er Angst habe, ihr nicht zu genügen, aber sie liebe alles an ihm. Nie habe sie eine solche Liebe gespürt, und sie wolle sie für immer behüten. Alles was sie sich wünsche sei, diese unfassbar große Liebe leben zu lassen.

Strömberg zitierte Clemens von Brentano: *Manchmal wird dieser Genius dunkel und versinkt in den bittersten Brunnen seines Herzens ...*

Ach, das wolle sie jetzt nicht hören.

Verzeih.

Wenn wir zusammen sind und schweben, müsste eine große Harzträne auf uns fallen. Dann wären wir vereint in einem wunderschönen Bernstein, für immer ...

Ich liebe dich, sagte Adaja.

Übrigens sei nicht die Rose, sondern die Passionsblume ihre Lieblingsblume.

Er kenne die Passionsblume nicht, sagte Strömberg.

Adaja sagte, die Passionsblume sei eine Kletterpflanze. Sie habe große, strahlige, weiße Blüten. Ihr Gattungsname sei Passiflora. Darin steckten die lateinischen Wörter passio und flos. Passio stehe für Leiden und flos für Blume. Sie heiße somit Leidensblume. Die

155

Bezeichnung solle sinnbildlich das Leiden Christi ausdrücken.

Meine Sensei, sagte Strömberg.

Später schickte sie per E-Mail das Foto einer Passionsblume. Links neben dem Laptop ein Ausdruck der Fotografie, rechts Zigaretten und ein Glas Merlot, so beglückt hätte Strömberg in der dritten Stunde nach Mitternacht gerne ein Gedicht geschrieben. *Gedanken sind nicht stets parat, man scheibt, auch wenn man keine hat.* Was bei Wilhelm Busch vielleicht funktioniert hatte, klappte bei Strömberg nicht. Obwohl Gedanken *parat* waren.

Er trat ans Fenster, schaute in Adajas südliche Richtung und besprach sich mit dem Mond, der zum Spaß ein Segelschiff an den Himmel malte. Dann pustete er so kräftig, dass die Segel des Schiffs sich mächtig blähten. Strömberg hörte fröhliches Gelächter, als das Schiff in die südliche Richtung der Mondgeliebten fortsegelte.

Grausames Dichten! sagte Strömberg mit einem Augenzwinkern.

Fast wäre er zu Bett gegangen. Bis zum Sonnenaufgang waren es noch ein paar Stunden, noch schliefen alle im

Haus, noch war es draußen so still, dass er jedes Wort verstehen konnte, das der Mond an ihn richtete.

Die Kälte war der Jahreszeit angemessen. Strömberg schrieb bei offenem Fenster. Manchmal korrigierte der Mond den Dichter mit der Strenge jener Lehrer, die Strömberg an seine Schulzeit erinnerten.

Meine Passionsblume

leuchtet am nächtlichen Himmel

fern und nah zugleich

harmonisch wie ein schönes Lied

berührend wie ein gelungenes Gedicht

tiefgehend wie ein guter Roman

emotional wie ein großer Film

und ein Lachen

wie die Sterne des kleinen Prinzen

du liebe, liebe Mondgeliebte.

Strömberg bedankte sich beim Mond, schloss das Fenster, rauchte eine letzte Zigarette, mailte die Mondworte nach Rosenwil, ging ins Bad und dann ins

Bett, wo er das Kopfkissen fest umarmte und zärtlich küsste.

Adaja in seinen Armen und sie küssend, tanzte er in den Schlaf, der ihm einen Traum schenkte, an den er sich gleich beim ersten Augenaufschlag gegen Mittag erinnerte: Die Insel. Über dem Meer ein schillernder Regenbogen. Eine feierliche Windsymphonie. Adaja im weißen Kleid. Er trägt einen hellroten Leinenanzug. Sie stehen Hand in Hand am Ufer. Die Wellen züngeln bis zu den nackten Füßen. Für immer ... Sie müssen es nicht aussprechen. Hinter dem Regenbogen, auf der halblinken Seite lächelt der Mond, der himmlischer Standesbeamter und zugleich Trauzeuge ist.

So ein schöner Traum, sagte Adaja. Ich wünsche mir, dass Pünktchen, Pünktchen, Pünktchen.

Bestimmt, sagte Strömberg.

Adaja liebte es, beim Schreiben und beim Reden Punkte zu setzen. Das Unausgesprochene, das er nicht immer auf Anhieb verstand. Diesmal war es nicht schwer zu erraten: .. .... w...... ... m.., d... d. e.... T.... m... M... w....

Einmal hatte sie ihn mit ihrer Punktografie eine ganze Nacht beschäftigt

Sie sagte, sein Gedicht gefalle ihr.

Ich liebe deine Pünktchen. Ich schmecke das Salz des Meeres auf deiner Haut. Ich freue mich auf dich. Warten macht dumm.

Ich freue mich auf unsere Geborgenheit und wünsche mir, dass es ganz liebevoll wird, gell.

Er versprach, keine Stunde zu versäumen. Und es sei auch in Stuttgart ihr Mond, der über sie wachen werde. Weitab von der Welt badeten sie nachts und am Tag in der warmen Flut der Sterne … Er sah Adajas Augen leise lächeln.

Und du wirst mir die Mondgeschichte vorlesen.

Das werde er, sagte Strömberg. Mein Engel …

Sie sei froh, dass sie wieder sein Engel sein dürfe. Ob er eigentlich wisse, woran sogar Engel sterben würden?

Strömberg wusste es nicht.

Adaja sagte, ein Engel werde weinen, wenn man versuche, ihn einzusperren. Er werde niemals mehr fliegen könne, wenn man ihm die Flügel breche. Wenn man ihn anlüge, werde er niemals mehr an dich glauben. Engel müsse man sehr behutsam behandeln, sonst ...

Das wisse er, sagte Strömberg.

30

In der stillen Nacht las Strömberg *Paris – ein Fest fürs Leben.* Er reiste mit Hemingway in die französische Metropole der 1920er Jahre und erfreute sich an einer *Feier des Lebens und des Schreibens.* Strömberg dachte, *es gibt Bücher, die verstehen wir nicht. Es gibt Bücher, bei denen gibt es nichts zu verstehen. Und es gibt Bücher, die verstehen uns. Das sind die besten.*

Er hatte keine Ahnung, wo er die klugen Worte aufgeschnappt hatte. Der Werbespruch eines Verlages? Er dachte eine Weile darüber nach, kam zu keiner Erkenntnis und verlor sich in seinen Fiktionen, die sich auf wundersame Weise zu einem heiligen Traum fügten. Adaja. Immerzu Adaja. Er wollte Worte schreiben, die so schön waren wie sie.

Die Worte, die er schrieb, jahrzehntelang geschrieben hatte, brauchte niemand. Daher musste er Gebrauchsworte in den Laptop tippen. Erfundene Hotelbewertungen, gefakte Buch- und Filmbesprechungen und erlogene Testberichte, Futter für das Internet, damit die Superschlauen googeln und sich einbilden konnten, sie seien cleverer als der Rest der Menschheit.

Er griff erneut zu Hemingway, doch für den Augenblick hatte er sich das Lesevergnügen verdorben. Vielleicht wusste er einfach zu viel, um wirklich ein Schriftsteller zu sein. Vielleicht war er dazu bestimmt, ein Leser zu sein, wie jeder gute Autor ihn sich wünschte.

Darüber vergaß er, dass es Heiligabend war, dass er an einem Heiligen Abend eigentlich stets die DVD von *Lovesong for Bobby Long* in den DVD-Player legte und bereits nach der ersten Szene bedauerte, dass ausgerechnet John Travolta die Hauptrolle spielte, dass Schweigen und Gedichte sich nur in Nuancen unterschieden, dass auch am Fest der Liebe sich viele Wünsche in den staubigen Glaskugeln des vergangenen Jahres verbargen.

Strömberg warf die Kippe auf die Straße und schloss das Fenster, damit die grauschwarzen Wolken nicht eindrangen. Heute kam er nicht in Einklang mit dem Mond.

Er trank einen Schluck Merlot. Noch zweimal schlafen, wenn er schlafen konnte, wenn nicht ein Gedanke einen anderen hervorbringen würde, bis die Weddinger

162

Hähne krähten. Strömberg rang sich ein Lächeln ab und putzte dann Bad und Küche. *And no one knows where the night is going …*

Der erste Weihnachtstag verging wie der Heilige Abend. Unheilvolle Emanationen blieben aus. Er packte seine Reisetasche, legte Fahrkarte, den Zettel mit der Stuttgarter Adresse, Schlüssel und Portemonnaie auf den Küchentisch und spürte eine innere Unruhe wie früher vor einer Klassenarbeit.

Adaja schrieb, sie freue sich auf ihn. Er solle nicht an sich zweifeln. Sie liebe ihn.

Als er am nächsten Tag im ICE nach Stuttgart saß, hatte er höchstens zwei Stunden geschlafen und war aufgedreht wie der Schraubverschluss einer hastig geleerten Weinflasche.

Er las die zwei Tage alte *Berliner Zeitung* und fühlte, wie die Vorfreude die letzten Selbstzweifel übertünchte. Allein die Aussicht, stundenlang zum Nikotinverzicht verurteilt zu sein, zeichnete zu dem Gefühlshoch ein graues Wölkchen. Erst in Frankfurt am Main reichte der Aufenthalt des Zugs für eine Zigarette.

Nachdem er hinter Spandau der Schaffnerin die Fahrkarte gezeigt hatte, schloss er die Augen und träumte bis kurz vor Fulda. Ein Schiff auf dem großen See. Er und Adaja auf dem Vorderdeck, eingehüllt in Decken auf einem Liegestuhl, doppelt breit, zwei Wolkenbetrachter.

Er sagt, ich möchte, dass die Vergänglichkeit vergeht.

Sie dagegen will, dass sie bleibt.

Sie küssen sich und sagen Sätze, die der Nacht gehören.

Sie betrachten die Wolken, die tief hängen und den großen See optisch verkleinern. Sie sagen Sätze, die der Nacht gehören und küssen und streicheln sich.

Er sagt, das Küssen sei das Wunderbarste auf der Welt.

Sie sagt, das Wunderbarste auf der Welt sei das Lachen.

Die Wolken drehen sich im Kreis. Der große See dreht sich im Kreis. Das Schiff dreht sich im Kreis. Die Mondgeliebte und der Wortmaler kriechen unter die Decke und drehen sich im Kreis.

Er sagt, die Liebe sei das Wunderbarste auf der Welt.

Er hofft, seine Stimme dränge unter ihre Haut.

Sie sagt, Tage ohne Wind seien nur schwer auszuhalten.

Er sagt, der Ernst des Lebens mache gerade sehr viel Spaß.

Er schlüpft noch tiefer unter die Decke und legt sich eingerollt zu ihren Füßen. Hier will er sich verankern, so lange, bis zwei Stoffe sich ineinander verwoben haben, für immer.

Die im Kreis sich drehenden können das Triviale veredeln, leicht erscheint alles und sehr wunderbar. Der Wortbeladene greift gerne nach dem Gold des Schweigens. Die Schweigsame nimmt ein wenig von den silbernen Worten und erzählt von der Stille, die eine Welt für sich ist, eine Kostbarkeit. Beide tauchen in die Welt des anderen ein und bleiben dennoch auf ihrem ureigenen festen Grund.

Der große See lässt Blasen sprechen. Die Wolken prahlen ein wenig zu vorlaut von ihrer vermeintlichen Freiheit. Das Schiff hat keine Angst, in der Tiefe zu versinken. Versunken in tiefer Verträumung schweben die Mondgeliebte und der Wortmaler zu ihrer Insel.

Zehn Minuten vor der Einfahrt in den Frankfurter Hauptbahnhof stand Strömberg an der Tür, Zigarette und Feuerzeug in den Händen, rauchbereit, tiefe Züge auf dem Bahnsteig, umringt von Leidensgenossen, darunter auch die Schaffnerin. Er fror, aber bald war er bei Adaja und der Wärme gewiss.

31

Adaja wartete vor dem Haus im Stuttgarter Bohnenviertel. Strömberg hatte sich verlaufen, war - wie so oft
in seinem Leben - beharrlich nach links statt nach
rechts abgebogen und hatte ebenso entschlossen darauf
verzichtet, einen Passanten nach dem Weg zu fragen.

Plötzlich war das Unsichtbare sichtbar geworden. Die
kalten Hände wärmte schon der erste Kuss. Sie
verschluckten sich fast an der Freude, sich endlich
wieder gefunden zu haben. Er kramte die Schlüssel aus
der Jackentasche, und sie gingen ins Haus.

Auf dem Küchentisch lagen sachdienliche Hinweise
zum makellosen Gebrauch der Wohnung. Handtücher
und Bettwäsche lagen in einer Truhe im Wohn- und
Schlafzimmer. Die Schlafcouch war auseinanderge-
klappt. obenauf lagen zwei Kopfkissen und zwei
Bettdecken, die nur bezogen werden mussten.

Adaja hatte Teelichter mitgebracht, drapierte sie auf
Tisch und Fensterbrett und zündete sie an. Die
Heizung sprang geräuschvoll an und beruhigte sich im
Status quo.

Adaja und Strömberg zogen Schuhe und Jacken aus, wärmten sich an der Haut des anderen und dem Glück des Augenblicks.

Frohe Weihnachten, sagte Adaja.

Frohe Weihnachten, sagte Strömberg.

Sie entkorkte eine Flasche Prosecco, den sie aus Wassergläsern tranken. Sie hörten und schwiegen. Sie küssten und lachten still. Ein unsichtbarer Zauber war mit ihnen in die Wohnung gekommen und hatte sie ergriffen. Das Mondlicht leuchtete in alle Winkel des Zimmers. Sie sahen nur sich und spürten ihre Empfindungen, die rund und tiefgründig waren.

Ich liebe dich, sagte er.

Auf einmal löste sich die Mondgeliebte aus seinen Armen und fischte Geschenke aus ihrem Koffer, liebevoll verpackte Konditorenkunst aus der Schweiz, ein Schweizer Messer und ein Geschenkabonnement der *Berliner Zeitung*.

Strömberg wusste nicht, wie ihm geschah. Keine Frage, er freute sich, war zugleich auch ein wenig beschämt.

Sie hätten doch ausgemacht, sich nichts zu schenken?

Sie habe gesagt, dass *er ihr* nichts schenken solle.

Strömberg probierte ein paar der zahlreichen Funktionen des weltberühmten Schweizer Messers und war erfreut darüber, ein halbes Jahr die *Berliner Zeitung* frei Haus geliefert zu bekommen.

Er sagte, er habe auch eine Kleinigkeit für sie.

Adajas Mondgeschichte digitalisiert in Form eines schmalen Buches, von dem er zwei Exemplare hatte herstellen lassen. Auf dem Umschlag war ein maronenroter Mond und ein Foto von Adaja abgebildet.

Er erinnerte sich an das Buch, das sie ihm in Rosenwil gezeigt hatte, ein Unikat, das ein Freund für sie produziert hatte, Fotos mit einem Wohnmobil als Hauptdarsteller. Es musste bei Adaja der Eindruck entstehen, als hätte er die Idee abgekupfert.

Er sprach es nicht aus. Sie legte sich mit dem Buch aufs Bett, sagte, auf ihre Abbildung hätte er verzichten können. Er wisse doch, dass sie nicht gerne im Vordergrund stehe. Er solle vorlesen.

Strömberg bettete den Kopf auf den Busen der Mondgeliebten, schlug Adajas Mondgeschichte auf, schloss die Augen, atmete tief ein und aus und vergaß das andere Buch, das ein Freund, ein *sehr guter Freund*, wie Adaja gesagt hatte, für sie in die Welt gebracht hatte. Zuerst las er das Gedicht, das sozusagen der Prolog zur Mondgeschichte war.

Adaja ...
In deinen Augen
spiegelt sich das Mondlicht und
fängt die Schatten des Träumers
du bist die fauchende Katze die
wilde Knospe die Zärtlichkeit auch
in den bitteren Stunden bist du
mein Pünktchen Unendlichkeit du
bist mein Lachen und manchmal
Träne die den versteinerten Garten
tränkt du bist vertrautes Schweigen
das der Wind über dem Meer ausstreut
du bist Erinnerung und Zukunftszuversicht
die unbiegsame Rose der Gegenwart der
Engel der barfuß auf den Wolken tanzt der
Kelch der Blume aus der ich Süßes trinken darf
Du bist der menschenwarme Kuss auf meinen Narben.

32

Stuttgarter Schweben.

Ein Morgen, ein Nachmittag, ein Abend, eine Nacht. Bunt und liebevoll wie Kinderzeichnungen. Es drangen kein Nachrichten in die Wohnung. Zwei Menschen in Frieden.

Beim Einschlafen lag Adajas Hand in seiner. Der Schlaf hatte keine Knoten. Vorher las er die Mondgeschichte, zwei-, dreimal hintereinander.

Sie sagte zum wiederholten Male, die Geschichte habe erst alles möglich gemacht. Es sei ihre Mondgeschichte, für immer …

Er sagte, seine Träume hätten sich erfüllt. Ein Wunsch sei noch offen.

Du Schönredner, sagte sie.

Er sagte, er glaube, es sei beider Wunsch.

Sie sagte, das wisse sie.

Er wisse, dass sie wisse. Man müsse die guten Augenblicke achten und in Erinnerung behalten.

Sie sagte, er hätte es nicht besser ausdrücken können, mein Wortmaler. Jede Mühe sei lohnenswert, in sich und mit sich selbst glücklich zu werden. Der Rest sei ein wunderschönes, zusätzliches Geschenk. Man dürfe sein Glück nicht von einem anderen Menschen abhängig machen.

Strömberg schwieg die Worte weg und küsste Adajas Lippen.

Sie sagte, seine Küsse schmeckten auf einmal traurig.

Ach, sagte er.

Und küsste sie erneut. Kein verbissenes Hin- und Herreden, nur das nicht. Keine sprechenden Münder, küssende und begehrende Lippen, im warmen Nachtblau des Zimmers, fließen und schweben.

Für Strömberg galt die Welt als vollkommen. Er flüsterte Worte ins Adajas Ohr, die nur für sie bestimmt waren und deren Sprache niemand sonst verstanden hätte.

Die Liebe war eine Geschichte, neue Geschichten wuchsen aus den Träumen, die Träume dachten in den Augen, die Augen sahen in den Himmel, über dem Himmel war ein luftleerer Raum, in dem luftleeren Raum wohnten Träume, die Träume führten zu ihrer Insel und lebten dort neue Träume. Strömberg lachte im Einklang mit den Geschichten, den Träumen, dem

Himmel, dem luftleeren Raum, der Insel. Strömberg lachte mit der Gewissheit, die große Liebe seines Lebens gefunden zu haben. Er lachte ungeschützt und ohne sich zu schämen.

Du liebst mich nicht, sagte Adaja.

Strömberg fiel aus allen Worten.

Adaja sagte, er lache sie aus.

Ja, sagte Strömberg, er habe gelacht.

Er, der sonst sein Lachen verbarg und dem selbst das Lächeln oft zu einer Grimasse geriet, darauf bedacht, das schiefe und nikotin- und merlotgeschädigte Gebiss zu verbergen, hatte gelacht. Jetzt zog er die Mundwinkel nach unten, und es war kein Geräusch im Zimmer, kein Luftzug, gedimmt auf ein Minimum das Nachtblau, aber hell genug, um nicht im Dunkeln pfeifen zu müssen, was vielleicht ayurvedische Spatzen morgen von den Dächern pfeifen würden.

Ich liebe dich.

Synchron die drei Worte. Ohne Fragezeichen, ohne Ausrufezeichen, ein schlichter harmonischer Punkt. Oder waren es viele Pünktchen? Die geheimnisvollen

Adaja-Punkte, die für alles sprachen, auch das Unaussprechliche nicht aussparten?

Komm, sagte er, wir bauen uns ein Baumhaus in den Wipfeln des höchsten Baumes der Insel.

Das ging ihnen leicht von der Hand, ein mit dicken Fellen ausgelegter Holzboden, so warm wie weich, das Dach ließen sie weg, damit Adaja nachts Mond und Sterne sehen konnte, wenn er neben ihr lag und die Mondgeschichte vorlas.

Sie sagte, sie entdecke bei jedem Zuhören eine neue Facette.

So gehe es ihm mit ihr, sagte er.

Es war eine schöne Nacht in Stuttgart, zu kurz.

33

Es waren schöne Nächte in Stuttgart, viel zu kurz, auch die Tage im leichten Gang durch erfundene Märchen mit allerlei buntem Gestrüpp am Weg, die Ränder ohne Widerborstigkeit, einvernehmlich ohne Kassandrageschrei, nur ab und zu den Blick erschrocken auf einen Fleck an der Küchendecke gerichtet, winzig im Vergleich zu den Ozonlöchern, dennoch ein unübersehbares Zeichen, sogar wachsend in der Nacht, so schien es.

Adaja sagte, es sei dumm, dass sie an Silvester auseinandergingen. Aber sie habe ihrer Mutter versprochen, mit ihr ins neue Jahr zu feiern.

Strömberg sagte, er werde mit sich feiern.

Er erzählte von einer Figur aus den schwarzweißen Fernseherinnerungen seiner Kindheit. Ein grauer Seehund, der von den Zuschauern *Onkel Otto* getauft worden war und im Vorabendprogramm als launiger Trenner zwischen den Werbespots fungierte.

Einmal sei *Onkel Otto* mit einem gefüllten Glas vor einen Spiegel getreten und habe gesagt *Mit dir trinke ich*

175

am liebsten. Dann habe er mit dem Spiegelbild kräftig angestoßen. Das Glas sei natürlich zerbrochen.

Sie runzelte die Stirn.

Er sagte, es sei schön, wenigstens für kurze Zeit miteinander älter werden zu können.

Sie versprachen sich, das nächste Mal gemeinsam in das neue Jahr zu schweben.

Abends aßen sie in einem Restaurant im Bohnenviertel.

Der Hinweg war mehr ein schwebendes Schreiten, bei dem keine Distanz zu durchmessen war.

Zwei Glühwürmchen, die Schritt für Schritt ineinander verschmolzen und der Kälte ihre kalten Schultern zeigten.

Strömberg rauchte die ersten zweihundert Meter. Dann vergrub er die Hände in der Tiefe seiner Jackentaschen. Adaja trug Handschuhe und hakte sich bei ihm unter.

Alle paar Sehnsuchtssekunden blieben sie stehen und küssten sich. Jeder hätte für den anderen seine Hände in jedes Feuer gelegt.

Der jähe Umschwung im Restaurant, als sie Platz genommen und bestellt hatten. Die liebevolle Leichtig-keit schien vor der Tür geblieben zu sein. Höfliche

Konversation, die bald auf der Streckbank des Schweigens lag.

Strömberg schaute sich um, als suchte er nach einer Lösung, schätzte die anderen Gäste ein, wog sie nach passenden Geschichten ab, eine berufsbedingte Unart.

Schwieg Adaja deshalb? Weil sie annahm, er beobachtete andere Frauen?

Er fragte, ob ihr das Essen schmecke.

Ein gleichgültiges, fast abweisendes Kopfnicken.

Schweigen.

Welche Kategorie des Schweigens?

Strömberg, der manchmal tagelang nur mit sich selbst sprach, war ungeübt im Schweigen, das den Tisch wie ein weiches Fell bedeckte. Gedankenfiebrig suchte er unter dem Fell das Wort, ein wärmendes oder ein aufgewärmtes.

Wortlos.

Als sie aufgegessen und ausgetrunken und sich ausgeschwiegen hatte, gab Adaja dem Kellner mit einer diskreten Handbewegung zu verstehen, dass er die Rechnung bringen solle.

Strömberg sagte, er wolle zahlen.

Wieder das gleichgültige, abweisende Kopfschütteln.

Wenigstens mit seinem Anteil wolle er sich beteiligen, sagte er.

Adaja ließ es nicht zu. Strömberg ahnte den Grund ihrer Wortlosigkeit.

Vor der Tür küsste sie ihn. Bis zur Wohnung schwebendes Schreiten ...

34

Liebe, die Liebe in sich trägt …

Am nächsten Abend bemühte Strömberg sein Kochkünste. Nichts, was ein Pünktchen oder gar einen Stern verdient gehabt hätte, eine Reispfanne mit Hackfleisch, Tomaten und Bananen. Sie tranken einen guten Merlot.

Sie sagte, noch nie habe ein Mann für sie gekocht.

Er koche gerne für sie, sagte er, jetzt und für immer.

Sie hatten Kerzen und Teelichter angezündet. Der Raum war ein wärmendes Licht und ein kuscheliges Fell. Sie redeten unbefangen miteinander. Strömberg war sicher, dass er mit seiner Ahnung nicht daneben lag. Er schämte sich.

Später lagen sie im Bett. Er las die Mondgeschichte vor.

Adajas Mondgeschichte war wortgewordene Liebe, die Liebe in sich trug. Die Worte entfalteten rasch eine Kraft, die Adaja und Strömberg lautlose Flügelschläge ermöglichten, ein unendliches Schweben und Fließen, erregend und wärmend und liebevoll im Innen und im Außen. Kraftvolle Flügelschläge, um über sich selbst hinauszuwachsen, über alle Zweifel und kleinliche egoistische Bedenken, pure Liebe, die pure Liebe in sich trug.

Irgendwann schliefen sie ein in der Gewissheit, Kinder der Evolution zu sein. Strömberg wachte auf und warf ein Auge auf die nackte Mondgeliebte. So vollkommen, dachte er. Und ausgerechnet ihn, den absolut Unvollkommenen, hatte Fortuna mit dem Hauptgewinn bedacht.

Eine Gedichtzeile von Selma Meerbaum-Eisinger fiel ihm ein: *So hör, ich hab' für dich gelacht ...*

Am Frühstückstisch fragte er, ob sie gehört habe, dass er in der Nacht für sie gelacht habe.

Sie zögerte, und er platzte in das Zögern, sie habe es sicher nicht gehört. Dazu sei sie wahrscheinlich auch im Schlaf viel zu pragmatisch.

Seine Worte lagen zwischen den Krümeln, ausgelaufen wie ein rohes Ei.

Sie sagte, es sei sonderbar, wie er sie manchmal darstelle.

Es sei ironisch gemeint gewesen, sagte er.

Sie könne zwischen ironisch gemeinten und ernst gemeinten Bemerkungen unterscheiden. Wenn er ihr schreibe und in seinen Gedichten und Geschichten gelänge es ihm, eine liebevolle Atmosphäre herzustellen. Mit ihr zusammen gäbe er ihr manchmal ein gegenteiliges Gefühl.

Wenn dem so sei, dann geschähe es keineswegs mit Absicht.

Gerne hätte er nach Beispielen gefragt, aber sie sagte, sie sei nicht nur unbiegsam, sondern gelegentlich auch sehr mimosenzart. Sie lachte. Er glotzte schwerfällig.

Er dürfe ruhig lachen, sagte sie. Das sei auch ironisch gemeint gewesen.

Da zeigte er das Lippenlächeln, damit kein Millimeter seiner Zähne zum Vorschein kam.

Der Abschiedsfleck an der Küchendecke war mächtig gewachsen. Noch zwei Stunden. Die Taschen standen gepackt im Flur. Die Heizung war abgedreht, das Geschirr gespült, die Bettwäsche abgezogen, ein besenreiner Abschied, wie er ordentlichen Menschen zu Gesicht stand.

Sie saßen auf der Eckbank im Wohn- und Schlafzimmer und hielten sich bei den Händen. Strömberg entdeckte überall Sternenstaub. Mondlicht quoll aus den Wänden. Das Vermissen summte *Nimm mich mit, Kapitän, auf die Reise, nimm mich mit in die weite, weite Welt* …

Adaja sagte, sie sähen sich vielleicht schon im Januar. Er solle es ihr überlassen, eine Stadt und ein Hotel auszusuchen.

Er sagte, er sehne sie schon jetzt herbei.

Ich liebe dich, sagte sie. Einmal gehen die Entfernungen zu Ende.

35

Im Zug nach Berlin spürte Strömberg noch lange Adajas Hände auf seiner Haut und dachte wehmütig an das rotweinbefleckte Laken aus den Nächten, die in keinem Geschichtsbuch auftauchen würden und dennoch keine Kleinigkeit waren.

Er las die *Stuttgarter Zeitung*. Sie schrieben vom alten Jahr, nüchterne Statistiken über die Vergänglichkeit, und gaben Tipps, was im neuen Jahr an Veränderungen zu beachten wäre. Von einer Liebe, die so groß war, dass die Liebenden aufpassen mussten, dass sie sich nicht selber aus den Angeln hob, stand keine Zeile in der Zeitung.

Strömberg las ein paar Seiten in Hemingways *Ein Fest fürs Leben* , vermisste Paris, obwohl er noch nie dort gewesen war, vermisste die Cafés und die Dichter, denen Hemingway begegnet war, stellte sich vor, mit Adaja in der Gegenwart und für alle Zukunft in Paris zu leben, aber letztendlich war es egal, er würde ihr überallhin folgen, wenn er nur in ihrer Nähe sein durfte.

Man muss dem Leben immer mindestens zwei Whiskey voraus sein. Der Satz soll von Humphrey Bogart stammen. Manchmal tat es auch ein Kaffee.

Er war der einzige Gast im Bordbistro, trank Kaffee und schrieb ein Gedicht.

Versprechen
Spinnwebfein kräuseln die Wortwellen
über das Meer sprechen die Wasser
von uns zu uns von der Sonne und
vom Blau am großen Himmel
eine Insel
wird bewohnt sein im Kleid der Liebe
die niemals verjährt
tauchst du liebestropfnass auf zwischen
Wasser und Luft
windspielen wir und küssen uns
die salzigen Vermissdichtränen
von der Haut
vom Salzgeruch gehäutet gilt
das Ja für immer: schwanentreu.

Im Wedding knallte und krachte es, als wäre während Strömbergs Abwesenheit ein Bürgerkrieg ausgebrochen.

In der Wohnung war es erträglich. Strömberg begrüßte Merlot, schrieb Adaja eine SMS, er sei gut angekommen, versehen mit Herzen und Küssen, erhielt eine gleichlautende Antwort, warf den Laptop an und besorgte sich bei der Textagentur einen Auftrag: *Über Dünger für Pferdewiesen.*

Das war sein guter Vorsatz für das kommende Jahr: Tippen, bis die Finger bluten. Damit er beim nächsten Mal die Rechnung bezahlen konnte, denn er war davon überzeugt, dass Adajas beharrliches Schweigen beim Essen aus Kausalitäten seiner desolaten finanziellen Ressourcen hervorgerufen worden war.

Vier Tage nach Neujahr schneite es. Strömberg schrieb fleißig einen Artikel nach dem anderen. Ab dem frühen Abend heizte er die Wohnung. Gegen Mitternacht schaltete er die Gastherme aus und wärmte sich an der Erinnerung an Adaja.

Die große Liebe seines Lebens, die erste und die letzte, Adaja Lalaluna, die er jede schmerzende Sekunde vermisste, die er liebte, wie er niemals zuvor geliebt hatte, mit der er einschlief und erwachte, seine *cosa mentale* im Sinne von Leonardo da Vinci, ein lebendiges Kunstwerk, eine Obliegenheit des Geistes und der Seele, während der räumlichen Abwesenheit, vollkommenes synchrones Verbundensein in jedem Augenblick.

Wenn Adaja anrief, tönte das Telefon manchmal wie der *Frühlingswalzer* von Chopin, gelegentlich nach Paul de Sennevilles *Mariage d´amour*. Und wenn sein inneres Kind noch wach war, klang beim Läuten des Telefons Heinz Rühmanns Stimme in den Ohren: *La le lu / nur der Mann im Mond schaut zu / wenn die kleinen Babys schlafen / drum schlaf auch du …*

Diesmal vernahm er eine surrealistische Mischung aus Rühmanns Rap-Gesang und Chopins Walzer.

Adaja sagte, sie könne nicht schlafen. Das Vermissen quäle sie so arg. Ob er sie auch vermisse?

Ganz heftig, sagte er. Schön, dich zu hören, mein Engel.

Sie lachte und sagte, jeder Engel brauche einen leuchtenden Stern.

186

Sie sei beides, sagte er.

Nein, sagte sie, er sei ihr Stern.

Ich liebe meinen Engel, sagte er und erzählte von den
Schneeflocken, die sich wirbelnd im Wedding verloren.
Die Schneeflöckchen seien gefrorener Sternenstaub.

So schön, sagte sie.

Er fragte, ob sie wisse, dass Engel schweben müssten?

Er lasse sie immerzu schweben, sagte sie. Aber das
Schweben sei ihr nur möglich, weil sie ganz tief für ihn
empfinde.

Er habe ein Gedicht über das Vermissen geschrieben.

Vorlesen, bat sie mit samtweicher Stimme.

Er habe die Zeilen am gestrigen frühlingswarmen Tag
und vor dem heutigen Kälteeinbruch geschrieben.

Früh im Jahr wärmt die Sonne die
Tränen tropfen zartleise in
einen dunkelfarbenen See
der ruht in einem Mantel
aus Federwolken und träumt dich
in mein kaltes Bett der Engel
legt die schweren Flügel ab

wir schweben flügellos auf einer

Wolkenschaukel alles was leicht ist

wird wahr in jeder Erdumdrehung

kommen wir in Einklang mit dem Mond.

Sie setzte eine winzige Pause zwischen seinem letzten und ihrem ersten Wort. Er verwöhne sie mit den allerschönsten Gedichten. Sie liebe ihn. Und er werde niemals erfahren, wie sehr sie ihn liebe. Und die Mondgeschichte böte ihr eine wunderbare Geborgenheit. Ach, sie könnte ihm stundenlang erzählen, was sie beim Lesen der Geschichte empfinde.

So lieb bewortet setzte Strömberg sich wieder an den Schreibtisch und schwelgte auf einem metaphernbunten Flickenteppich von einer großartigen Zukunft mit der Liebsten, mitten drin in einem autistischen Labyrinth aus Wörtern, die für sich nichts darstellten.

Wenn es ihm gelänge, die richtige Wahl zu treffen und die gewählten Wörter perfekt zusammenzustellen, hätte er am Ende des langen Weges das absolute Gedicht für seine Mondgeliebte geschrieben, Verse, die Adaja Lalaluna in allen Facetten lobpreisten: weich und sanft,

hingebungsvoll, klug und schön, misstrauisch gegenüber hohlem Pathos, ach, die wortgemalte Ewigkeit
einer Liebe, die noch in tausend Jahren als unübertrof-
fenes Beispiel für ein Liebesgedicht in allen Schulbü-
chern stünde, übersetzt in alle Sprachen, Verfasser
unbekannt.

Irgendwann würde er dieses Gedicht schreiben, Adaja,
der Mond und der weitgehend unbekannte Dichter in
Berlin, der, wie er gerade in einem Anflug von
temporärer Präpotenz vermutete, ziemlich groß denken
konnte.

36

Schon zwei Wochen nach Stuttgart verwandelten sie wieder die Tage in Liebe und die Liebe in *Nights in white satin,/Never reaching the end* ... , Nächte aus Lachen und Verstummen am Ende. Diesmal in Ulm.

Es begann mit einer Belehrung, als sie im Hotelzimmer, ausgesucht und gebucht von Adaja, angekommen waren. Sie sprach zu ihm wie zu einem Kind.

Sie sagte, sie bezahle das Hotel.

Das sei nicht nötig, sagte er.

Doch, sagte sie. Das sei ihr Geburtstagsgeschenk. Er habe doch in zwei Wochen Geburtstag.

Auch wenn es nicht als Frage gemeint war, bejahte Strömberg brav.

Sie sagte, in Zukunft könne das aber nicht so bleiben. Wenn sie immer für ihn zahlte, verlöre sie den Respekt vor ihm.

Ja.

Beim Schweben und Ineinanderfließen, vergaß er, was sie gesagt hatte. Und als er die Mondgeschichte vorlas, schien auch sie alles vergessen zu haben. Erst als in einem Restaurant ihr jähes Schweigen einsetzte, spürte er, dass auch er verletzlich war.

Am anderen Tag besuchten sie das Ulmer Münster. Er wusste nicht viel über das Bauwerk, nur so viel, dass es eine im gotischen Baustil errichtete Kirche und der 161,53 Meter hohe Turm der höchste Kirchturm der Welt war.

Sie zündeten Kerzen an und behielten ihre Wünsche für sich. Er wünschte sich einen Mund, der schweigen konnte. Er wünschte sich ein Glück, das so kitschig sein sollte wie der Sonnenuntergang auf einer Ansichtskarte aus Wanne-Eickel. Er wünschte sich, dass sie sich wünschte, dass er sich wünschte, dass sie und er sich wünschten, sich für immer zu lieben.

In der Kirche war es kälter als draußen. Sie gingen in ein Café. Er hoffte, niemand würde die Wünsche für nichtig erklären. Er liebte Adaja so sehr, dass es gerade ein wenig schmerzte. Und wenn es Adaja noch nicht gäbe, risse er sich eine Rippe heraus und versuchte, eine extravagante Schöpfungsgeschichte zu kreieren.

Adajas Augen spiegelten sein eigenes Glück.

Der Abend saß dem Nachmittag im Nacken. Die Zweifel zerstreuten sich in alle Winde. Es roch nach Schnee. Sie lagen im Bett und schmiegten sich Pore an Pore, kein Atemzug Abstand, weichzüngiges Schweigen. Während die Dämmerung draußen einen Vorhang vor das Fenster schob, innen warmfeuchter Liebeshauch auf der Glasscheibe.

Strömberg sagte, er wolle ihre Sprache lernen. Sie sei gewiss eine gute Lehrerin.

Vor allen Dingen sei sie eine strenge Lehrerin, sagte Adaja.

Engelsgelächter.

Streicheln, sagte Strömberg und streichelte Adajas Wangen.

Streichlä, sagte sie.

Er wiederholte, streichlä.

Küssen, sagte er und küsste ihre Brüste.

Küssä.

Er wiederholte, küssä.

Schmüselä bis mer alles drum herum vergisst, sagte sie

Ich liebe dich, sagte er.

Ich liabä dich.

Für immer, sagte er.

Sie sagte, ewigä liabä.

Er küsste ihren Körper von Nord nach Süd und zurück.

Ganz zart streichlä, sagte sie. Vo Chopf bis Fuess, die zart Hut spüra, und dich spüra, wie du i mich idringsch, so wunderschön, und nie meh use gah …

Er lauschte dem Klang ihrer Stimme und folgte ihr wortwörtlich. Sie war die Meisterin und die Königin seiner Träume.

Später rauchte er am Fenster.

Adaja fragte, ob er ihr immer treu sein werde.

Schwanentreu, für immer. Loyalität, in guten wie in schlechten Zeiten, darauf kam es ihm an. Adaja niemals verraten und niemals von ihr verraten zu werden. Das Menschenmögliche und Unmögliche tun, um sie glücklich zu sehen.

All das dachte er in dem kurzen Augenblick, als sie ein eindeutiges Ja erwartet hatte.

Er sagte nichts von dem, was ihm durch den Kopf geschossen war, nur ein lasches *Ich denke schon* …

So aufgebracht hatte er sie niemals zuvor erlebt. Sie sagte, nein, sie schrie es , er sei wie alle Männer.

Er rauchte die nächste Zigarette am offenen Fenster. Sie setzte sich an den Bistrotisch zwischen Bett und Schrank und trank Prosecco. Er schloss das Fenster und nahm ihr gegenüber Platz. Sie leerte in kurzer Zeit zwei Glas Prosecco. Sie sprachen kein Wort, taxierten sich lediglich wie zwei Boxer vor dem nächsten Schlagabtausch.

Sie wollte keine Schläge tauschen, keine Hiebe setzen. Das war unmissverständlich ihrer Miene zu entnehmen. Er hatte ebenfalls den Wunsch, das unglückliche Durcheinander zweier Geschichten wieder liebevoll in Ordnung zu bringen.

Adaja trank nur selten Alkohol, maximal ein Glas Wein zum Abendessen. Sie legte sich nach dem letzten Schluck Prosecco auf das Bett und schlief auf der Stelle ein.

Strömberg blies den Rauch der dritten Zigarette aus dem Fenster. Dann kam er zu Adaja, auf Abstand bedacht. Er deckte sie vorsichtig zu. Seine Hand blieb bei ihrer Hand. Seine Augen ruhten auf ihrem Gesicht. Sie atmete gleichmäßig.

Mein Elfenengel, flüsterte er.

Anschauen, immerzu. Alles gut schauen, auch die kleinen und größeren Risse, die sichtbar gewordenen Verletzungen mit Zauberhänden glätten. Und alles gut küssen.

Ein Gedicht von Erich Fried schlich sich in seine Gedanken: *Wie du solltest geküsst sein.* Er hätte die Zeilen gerne an die Wand gemalt, damit sie die Worte lesen könnte, wenn sie erwachte. *Ich küsse auch deine Fragen/und deine Wünsche/ich küsse dein Nachdenken/deine Zweifel.*

37

Beim Augenaufschlag nach einer knappen Stunde Erleichterung und ein wenig Bangigkeit. Als ob sie nach einer schweren Operation endlich erwacht wäre.

Sie brauchten keine Worte. Die Sehnsucht war ein geöffnetes Tor. Nachdem die Hände die letzten Schlieren Traurigkeit und Verlustangst weggestreichelt hatten, küssten sie sich lange.

Sie sagte danach, sie küsse ihn so furchtbar gerne. Ob ihm das Küssen ebenso wichtig sei wie ihr?

Er sagte, ihre Küsse seien die pure Zärtlichkeit.

Sie sagte, beim Küssen berührten ihre Lippen seine Lippen unmittelbar aus ihrem Herzen.

Er lächelte sein verstecktes Lachen und sage, sie sei die wahre Poetin.

Sie schüttelte den Kopf, und die dunkelbraunen Locken flatterten wie Schmetterlinge.

Ach, sagte sie, er sei der Dichter und dabei solle es auch bleiben. Sie bemühe sich lediglich, der Poesie ein Zuhause zu geben.

Wieder zog er die Mundwinkel leicht nach oben, damit die Zähne verdeckt blieben.

Das sei schwer genug, sagte er. Die Poesie sei sozusagen der Sozialfall der Literatur.

Sie seufzte zustimmend. In ihrem Buchlädli schielten die Kunden zuerst auf den Tisch, auf dem die aktuellen Bestseller gestapelt seien, sagte sie. Aber sie müsse ja froh sein, dass es überhaupt noch Leser gäbe, die zu ihr ins Lädli kämen und nicht im Internet bestellten. Ihre Kundschaft bestünde überwiegend aus Frauen. Die meisten bevorzugten leider banale Unterhaltungsliteratur. Die sei aber allemal besser als die Bücher, die mit einem hochtrabenden Ton protzten. Diese Art Literatur sei für ihren Geschmack nicht zu ertragen. Und jetzt habe sie den Wunsch, den Kopf an seine Brust zu betten, neben ihm still zu sein, zu spüren und zu lauschen.

Als sie erwachten, hing die Zärtlichkeit in ihren Haaren. Adaja bat ihn, die Mondgeschichte vorzulesen. Immer und immer solle er ihr vorlesen.

Deine Mondgeschichte, sagte er. Ich möchte dein Vorleser sein, für immer.

Und die Geschichte wird immer ganz allein mir gehören?

Ja, und wenn wir zusammen sind, ganz und gar für immer zusammen leben, lese ich dir morgens vor, wenn du in der Küche den ersten Kaffee trinkst. Später spazieren wir am Ufer des großen Sees, viele Morgen mit scheinbaren Wiederholungen, aber jeden Tag neu Herzklopfen, als hätten wir uns gerade getroffen und jeden Tag frisch verliebt. Und am Abend lese ich dir vor, bis du eingeschlafen bist. Ich folge dir in den Garten der Träumer. Wir bauen uns ein kommodes Luftschiff und reisen zu den Sternen. Nichts steht mehr auf des Messers Schneide. Wir haben das Abendrot im Rücken, das Mondlicht vor Augen. Dein Schatten zeigt die Umrisse meiner Gestalt. Endlos und endlich. Wir genügen uns. Und finden nahe beim Mond einen Planeten, viel kleiner als die Erde, größer als der des kleinen Prinzen, mit Wasser und Wind, mit Himmel, Sonne, Sternen und unserem Mond. Die Insel der Stille.

Wenn uns danach ist, schippern wir mit dem Luftschiff durch das Weltall. Eine Rückkehr zur Erde ist ausgeschlossen. Aber den Mond besuchen wir regelmäßig.

So schön, sagte Adaja. Der Mond behütet mich, gell. Mein lieber Mond, mein liebster Sensei, ich finde das Vermissen sehr schwierig. Ich will dich nicht teilen. Nie, nie …

Dein Mond und ich sind bei dir für immer. Auch wenn er hinter schwarzen Wolken verschollen sei, könne der Mond sie sehen. Am Tag denke er sich Traumgeschichten für Adaja aus, die er ihr im Schlaf ins Ohr flüstere …

Ach, sagte Adaja. So ein Gefühl habe sie lange nicht gehabt. Sie wolle es nicht aussprechen.

Er sagte, es müsse nicht alles ausgesprochen werden.

38

... dieses Gefühl, dass sie ihn wegstieß und zugleich festzuhalten versuchte.

Strömberg hatte auf einmal diesen Satz von Paul Auster im Kopf, als er schlaftrunken nach Adaja tastete. Sie war weg. Nach ein paar Schrecksekunden fiel ihm ein, dass sie vor dem Einschlafen gesagt hatte, sie wolle sich in der Stadt umsehen, wenn er noch schliefe. Er hatte sie gebeten, ihm Zigaretten zu besorgen.

Er lag noch im Bett. Sie legte die Zigarettenpackung auf den Nachttisch und sagte, sie gehe frühstücken.

Er sei in zehn Minuten startklar, versprach er.

Sie wartete nicht auf ihn.

Er rauchte am offenen Fenster. Als er sich im Frühstücksraum zu ihr an den Tisch setzte, war sie bereits fertig. Aber sie leistete ihm Gesellschaft. Sie erzählte von Australien, wo sie vor vielen Jahren eine lange Weile gelebt hatte.

Es sei ihr das liebste Land auf der Welt, sagte sie. Sie sei dort nur lieben Menschen begegnet und habe dort gute Freunde. Irgendwann werde sie nach Australien zurückkehren und sich ein Haus mit Glasdach bauen.

Dann werde sie von ihrem Bett aus jede Nacht den Himmel betrachten können.

Schön, sagte Strömberg.

Vielleicht bliebe es auch nur ein Traum.

Ein Traum, in dem ich nicht vorkomme, sagte er.

Sie stutzte. Er müsse das jetzt nicht überinterpretieren.

Er fand, dass sie Recht hatte. Das Thema war beendet, und es musste kein Schlusswort gesprochen werden.

Es war kalt in Ulm an diesem Freitag im Januar. Morgen fuhr sie in ihre südliche und er in seine nordöstliche Richtung. Eingehakt flanierten sie durch eine belebte Fußgängerzone, umgeben von Menschen, die den Eindruck erweckten, als liefen sie ziellos um die Wette.

In einem Backshop mit Stehtischen tranken sie Kaffee, kehrten dann in ihr Hotelzimmer zurück, kuschelten im Bett, ihrem warmen, weichen Vogelnest. Vom bevorstehenden Abschied sprach niemand, stattdessen seelenwarmes Schweben, liebestropfnass und *nie meh use gah* …

Sie sei die Frau, mit der er Schweben könne. Er vertraue ihr absolut. Sein Vertrauen habe ein Zuhause gefunden.

Im Restaurant wieder das jähe Schweigen, das ihn aus der Bahn warf. Er fragte, wie es wäre, wenn sie mit ihrem Freund Benno ausginge?

Sie würden reden und viel lachen.

Schweigen.

Der Kellner brachte die Getränke, einen roten Wein für sie, einen weißen für ihn.

Auf dich, sagte er.

Auf uns, sagte sie.

Schweigen.

Beim Essen fragte sie, ob es auch reiche Schriftsteller gäbe?

Er bejahte. Er kenne sogar welche persönlich.

Sie fragte, ob die Aussicht bestünde, dass seine Situation sich einmal bessere?

Nein, er müsse wohl bis zum letzten Atemzug Texte für den Textagenten schreiben.

Sie sagte, für so wenig Geld würde sie gar nicht erst antreten.

Das müsse sie ja auch nicht.

Der Kellner fragte, ob es geschmeckt habe, bekam keine Antwort und trug die leeren Teller fort. Strömberg saß melancholisch und aufrecht. Adaja zog das Portemonnaie aus einer Seitentasche ihrer Jacke, die neben ihr auf der Sitzbank lag und fragte, ob er noch ein Dessert möge.

Er verneinte und sagte, er werde die Rechnung begleichen.

Sie widersprach vehement.

Er legte Scheine auf den Tisch wie ein Pokerspieler, der um seine letzte Chance kämpfte, obwohl er wusste, dass er schlechte Karten hatte. Der Kellner gesellte sich dazu, hielt die Rechnung in beiden Händen und schaute unschlüssig erst zu Adaja, dann zu Strömberg. Schließlich entschied er sich, die ausgedruckten Zahlen Adaja anzuvertrauen.

Sie solle wenigstens seinen Anteil der Rechnung annehmen.

Er könne das Geld ja auf dem Tisch liegen lassen, sagte sie.

Sie gingen den gleichen Weg. Strömberg schien es, als würde der Abstand zwischen ihnen mit jedem Schritt größer. Und es war kein Land und kein Mond in Sicht.

Strömberg hatte neue Wörter gelernt, aber keine Ahnung, womit er sie schönreden könnte.

Adaja behielt Schuhe und Jacke im Hotelzimmer an. Sie sagte, sie werde nun nach Hause fahren.

Sie holte ihre Utensilien aus dem Bad, sammelte ein, was von ihr im Zimmer verstreut war, packte alles in ihre Reisetasche.

Strömberg löste das Armband und legte es dazu. Dann nahm er das steinerne Herz aus der Hosentasche und gab es zum Nietenband.

Sie werde nun das Zimmer bezahlen.

Wieder versuchte Strömberg, ihr Geld zu geben. Sie nahm es nicht an, ging zur Rezeption und kam bald wieder. Sie standen sich vor dem Bett gegenüber, fassungslos und fassten sich vorsichtig an den Händen.

Tränen in Adajas Augen.

Strömberg voller Gedanken und zugleich absolut gedankenlos. Der Wunsch, Adaja zu umarmen, ihre Lippen zu spüren und sich mit ihr in einen Segelflieger

204

zu verwandeln mit Flügeln aus buntem Papier, hoch und höher zu fliegen, bis die Erdenschwere von ihnen weggebröselt war.

Sie küssten sich. Adajas Lippen waren siedendheiß und katzenfellweich. Alles war gut. Strömberg irrte sich.

Sie nahm die Tasche und lief zur Tür. Strömberg wollte ihr beim Tragen helfen. Sie zog die Tasche weg, als müsste sie sich einem Taschendieb erwehren. Die Tür fiel ins Schloss. Strömberg hörte Adajas Schritte, die nicht innehielten und nicht umkehrten.

Vom Fenster aus hatte er einen guten Blick auf den Parkplatz, der nur mit Schummerlicht beleuchtet war. Er sah die kleine, zierliche Frau, die er so sehr liebte. Sie öffnete den Kofferraum des Wagens und verstaute die Reisetasche. Sie setzte sich hinters Steuer, startete den Motor, gurtete sich an, fuhr rückwärts aus der Parkbucht, wendete und steuerte auf die Ausfahrt zu. Als Letztes sah Strömberg zwei rote Rücklichter.

Für die Nacht hatte er ein Dach über dem Kopf, aber keinen Boden mehr unter den Füßen.

39

Plötzlich war das Zimmer ein zufälliger Ort und Strömberg der zufällige Beobachter, der nicht verstand, dass alles weiterging.

Er legte sich auf die Seite des Doppelbettes, auf der Adaja zwei Nächte neben ihm geschlafen hatte. Er spürte ihre Zartheit, legte das Kopfkissen auf seinen Bauch und starrte die Deckenlampe an. Die Welt offenbarte sich in ihrer Fremdheit und war ihm fern.

Er schaute auf sein Smartphone, ob Adaja vielleicht eine Nachricht geschickt hatte, bedauerte, dass es keine Minibar gab, erinnerte sich an ein italienisches Restaurant in der Nähe des Hotels und dachte, dass er ganz und gar nicht sinnlos betrunken wäre, wenn er sich betrinken würde.

Beim Italiener war er der letzte Gast und kam sich noch verlorener vor. Die Kellnerin gab ihm zu verstehen, dass Feierabend war. Einen Merlot dürfe er noch trinken. Es war nicht einmal 23 Uhr, als er wieder auf der Straße stand.

Fliegen und sich einen neuen Horizont kreisen. Oder doch lieber zurück ins Hotel und auf Adajas Rückkehr warten? Vielleicht stand sie bereits vor der Tür. Nach Mitternacht glaubte er nicht länger daran und zappte sich durch die Fernsehprogramme. Bei einer Dauerwerbesendung blieb er hängen. Als der Morgen dämmerte, schlief er einen kurzen Schlaf.

Gegen Abend kam er in Berlin an, kein Zuhause, nur eine der vielen Zwischenstationen bis zum Lebensende. Keine bemerkenswerten Nachrichten im Briefkasten. Die Wohnung war kalt. Strömberg öffnete das Fenster in seinem Wohn- und Arbeitszimmer, lüftete eine Viertelstunde, nahm das Telefon in die Hand, drückte Adajas Kurzwahl, stellte das Telefon zurück auf das Ladegerät.

Nächte mit Merlot. Das Starren in ihre südliche Richtung. Vertrauliche Zwiegespräche mit dem Mond. Irgendwann war das Bedürfnis nach Schlaf stärker als das beharrliche Warten auf ein Zeichen, das er dann doch falsch deutete. Und alles ging weiter. Bei Aldi einkaufen, Texte schreiben für den Wortagenten, Merlot trinken, rauchen, warten. Die *Berliner Zeitung* aufmerksam lesen, als wäre sie ein langer, handgeschriebener Brief von Adaja.

Ein paar Nächte später schrieb er ein Gedicht für seinen verschollenen Engel.

Ich lecke meine Wunden selbst
mit blutgefärbter Zunge liebst du
die Worte nicht
den Wortmaler im seitwärts
gekippten Himmel ist nur
der Abschied für immer auf Purpur
flügeln sind wir uns begegnet nun
bist du ein verschollener Engel
und es könnte nirgendwo stiller sein.

Er zögerte, ob er Adaja sein nächtliches Geschwafel schicken sollte. Wie würde sie es aufnehmen? *Der Kluge bemerkt alles, der Dumme macht zu allem eine Bemerkung.* Das Sprichwort nistete sich in seinem Kopf ein und verhinderte, dass er sein Gedicht abschickte. War er nicht der Dumme, der zu allem etwas von sich geben musste, während Adaja das kluge Schweigen beherrschte?

Für das Geld würde sie gar nicht erst antreten ...

Sie hatte die Äußerung auf seine Schreiberei für die Wortagentur bezogen, sein Überlebensschreiben, weil seine Gedichte noch viel weniger wert waren in einer Gesellschaft, die das Lesen von Gedichten als Zeitverschwendung betrachtete.

Gab es keinen goldenen Mittelweg zwischen seinem Geschwafel und ihrem klugen Schweigen? Er öffnete das Fenster. Vielleicht fanden ein paar stille Worte von Adaja den Weg zu ihm.

40

Wer selbst weggeht, kann nicht verlassen werden.

Ach, seufzte er und fragte sich, was Brecht auf einmal in seinen Gedanken zu suchen hatte. Die beredte Ahnung, sein ganzes halbe Wissen könnte unnütz sein, beschlich ihn. Jedenfalls taugte es im Ernstfall zu Nichts. Die klugen Worte, die andere, klügere vor ihm gedacht hatten, waren lediglich Geschmacksveredler in seiner faden Einsamkeit. Ein Trost oder gar eine Hilfe, wenn es tatsächlich darauf ankam, waren sie auf gar keinen Fall.

Adaja fand sein Gedicht, das er ihr mit zwei Tagen Verzögerung gemailt hatte, *schön wie alle seine Gedichte,* aber …

Er schluckte leer in Erwartung dessen, was dem Aber folgen mochte. Sie sagte, es tue ihr leid, wie es sich entwickelt habe. Vielleicht sei sie schwieriger zu lieben, als ein Dichter. Nie habe sie jemanden so geliebt wie ihn. Mit seinen Worten könne er mühelos eine Leichtigkeit herstellen, aber wenn sie zusammen seien, belaste er die Stunden der Unbeschwertheit bald wieder mit seiner Traurigkeit. Er verdiene eine andere

Frau. Sie sei ein zerrissener Mensch, mal sei sie mit ganzem Herzen im Vorwärtsgang, mal ginge sie ebenso rückwärts. Sie wolle ihn nicht als Freund verlieren …

Schweigen.

Strömberg hörte die leisen Tränen. Dennoch fiel er wieder in die Rolle des Dummen, der für alles eine Bemerkung parat hatte. Freundschaft, sagte er, sei die höchste Form einer Beziehung. Freundschaft stünde also keineswegs unter einer Liebesbeziehung. Schließlich sei sie die Grundlage für jede tiefe Liebe. Eine Liebesbeziehung ohne Freundschaft sei nur eine sexuelle Beziehung für einen begrenzten Zeitraum …

Hörte sie noch zu, oder hatte sie längst aufgelegt?

Adaja …

Ja.

Seine Gedichte seien extrem klug, sagte sie. Das Gefährliche an den Gedichten sei, dass sie sehr verdichtet seien. Das mache es für sie manchmal schwierig. Vielleicht sei es besser, wenn er ihr keine Gedichte mehr schriebe. Vielleicht verstehe er sie nicht so gut, wie er denke. Wenn es für ihn nicht stimme, bekäme sie es zu spüren. Sie brauche manchmal Ruhe, innere Ruhe. Wenn sie sich mal einen Tag oder länger nicht melde, sei sie entweder beschäftigt oder lebe halt in dieser Ruhe. Wenn er dann erwarte, dass sie ihm schreiben solle, sei das eine Haltung, die sie unter Druck setze. Nun werde sie gehen und versuchen, sich zu sammeln.

Adaja …

Sie hatte aufgelegt. Strömberg überlegte, woher er einen neuen Kopf bekäme, der ihn dem Begreifen näher brächte. Schon sausten Bruchstücke eines Gedichts, in dem alten, fürs Begreifen untauglichen Kopf herum.

Schreib kein Gedicht, schreib einen Brief über die Liebe, flüsterten Stimmen, die er nicht zuordnen konnte, unheimlich unsichtbar, unglaublich unterkühlt.

In den nächsten Tagen schrieb er schwachsinnige Produktbeschreibungen, auch an seinem Geburtstag. Ein paar Menschen riefen recht früh an, wünschten, was man üblicherweise dem *Geburtstagskind* wünscht, fragten nach dem Wohlergehen, erzählten knapp vom Glück und Unglück des persönlichen Daseins und schenkten ihm zum Gesprächsende hin *einen schönen Tag.*

Strömberg beschloss, sich bei Netto eine Flasche Prosecco zu kaufen und als Zugabe von der Kassiererin einen weiteren *schönen Tag noch* mit nach Hause zu nehmen.

Im Briefkasten lag statt Werbung richtige Post, ein weißer, gefütterter Umschlag, Herzbeben die vier Etagen hoch bis zur Wohnung.

Der Prosecco war zu warm, um ihn gleich zu trinken. Er legte die Flasche in das Eisfach, zündete Teelichter an, bereitete sich einen löslichen Espresso, setzte sich an den Küchentisch und benutzte einen Kugelschreiber als Brieföffner.

Adaja wünschte ihm *aus tiefstem Herzen alles Liebe und Gute zum Geburtstag.* Er sei ein wundervoller Mensch. Sie sei stolz, ein kleiner Teil seines Lebens zu sein …

Strömberg befühlte den kleinen, rosa Umschlag, der beigefügt war, öffnete ihn behutsam.

Sein Herz schlug einen Salto nach dem anderen, Freudentränen, als das rote Steinherz in seiner Hand lag und sich so samtweich anfühlte, wie Adajas Haut.

Sie wünsche sich, dass er ihr Herz für immer bei sich behalte …

41

Liebe wortwörtlich.

Zwischen Rosenwil und Berlin, liebevoll wie am ersten Tag. Geschrieben oder am Telefon gesprochen. Keine Irrlichtern zwischen den Haupt- und Nebensätzen, keine Wortfallen, die Sprache eine feste Burg.

Adaja sagte, sie liebe diese Gespräche. Sie seien warm, herzschmelzend, berührend, ergreifend und erfüllend.

Er sagte, er liebe sie.

Es baue sich langsam auf, sagte sie. Ein Wort zaubere das nächste bis hin zum Absoluten. Sie freue sich, ihn bald zu spüren. Sie wolle nicht mehr an sich zweifeln.

Mein Engel, sagte er.

Sie freue sich, wieder sein Engel sein zu dürfen, sagte sie. Sie hätte es auch verstanden, wenn er nie wieder mit ihr hätte sprechen wollen.

Er sagte, sie sei für ihn einzig. Es solle ihr sowohl körperlich als auch seelisch gut gehen. Wenn sie ihn brauche, werde er immer für sie da sein.

Er sei ein toller Mann, sagte sie. Es tue ihr irgendwie alles leid. Sie habe eine Überraschung für ihn …

Ein Wunder an diesem Mittwoch im März, wie es nicht wundersamer hätte sein können. Adaja besuchte ihn, in drei Tagen schon, Ankunft in Tegel am Samstag um 12:05 Uhr, Rückflug Montag um 12:50 Uhr.

Strömberg sah sich kritisch in seiner kleinen Wohnung um und erkannte, dass seine Welt ein großer Müllhaufen war. Ein fast aussichtsloses Unterfangen, in der verbleibenden Zeit daraus ein Wohlfühlparadies zu erschaffen.

Unmengen an Papier, zwischen Buchdeckeln und fliegende Blätter, vergilbte Kopien von Buchbesprechungen aus irgendeiner Provinzzeitung, die Strömberg ebenso aufbewahrt hatte, wie Ankündigungen von Lesungen oder einer Neuerscheinung im Katalog eines Verlags.

Der kleine Herr Sisyphos, beseelt von Adajas baldiger Ankunft, kämpfte sich durch die knapp 60 Quadratmeter, gönnte sich nach jedem Quadratmeter eine Zigarettenpause.

Am Freitagvormittag tönte auf einmal Chopins *Frühlingswalzer* in seinen Ohren.

215

Adaja sagte, sie habe schlecht geschlafen. Sie brauche dringend eine Aufmunterung.

Gerne, Aufmunterung, Aufmunterung, Aufmunterung …

Sie lachte.

Genug Aufmunterung?

Sie lachten beide, ein fröhliches, einvernehmliches Kinderlachen.

Sie sagte, sie sei froh, dass sie sich für die Reise entschieden habe, alles werde liebevoll und wunderbar.

Ja, das werde es, sagte er.

Später schickte sie ihm eine SMS, er wisse gar nicht, was für ein unbeschreiblich wichtiger Mensch er für sie sei …

Alles war gerichtet, die Wohnung vom gröbsten Schmutz befreit. Er nahm den Bus, war lange vor Adajas Ankunft am Flughafen, auch deshalb, weil er noch Blumen besorgen wollte. Er begab sich auf die Suche nach einem Blumenladen, fragte den Verkäufer in einem Schmuckgeschäft, erfuhr, dass der Flughafen Tegel ein blumenloses Terrain war.

Er rauchte. Er wartete. Er stellte sich die Begrüßung vor. Er freute sich auf Adaja. Sehr, sehr, sehr.

Die Maschine landete pünktlich.

Endlich lagen sich in die Armen. Sie küssten sich. Sie liefen zu einem Taxi, nahmen auf der Rückbank Platz. Fingerzärteln, scheue Blicke. Plötzlich spürte er etwas in seiner rechten Hand – das Armband. Jetzt erst sah er, dass sie ihr Lederarmband mit den Nieten am Handgelenk trug. Er legte seines sofort an. Er war wieder komplett mit Steinherz, Armband und seiner Mondgeliebten.

Sie küssten sich und genossen die Freiheit, wortlos zu sein.

42

Die Märzsonne streichelte die bleichen Wintergesichter. Die Weddinger Menschen verlegten das Leben auf die Straße. Die Kinder balgten sich um Gummibälle und das erste Eis und kreischten ihren Lebenswillen in allen Weddinger Weltsprachen über das Kopfsteinpflaster. Die Käfigkicker kickten und tricksten und eiferten den Boatengs nach, die es lange vor ihnen geschafft hatten, ganz nach oben zu kommen.

Strömberg und Adaja spazierten Hand in Hand durch den Vorfrühling. Strömberg spielte ab und zu den Reiseführer und erklärte dies und das. Aber lieber war es ihm, schweigend und glücklich neben Adaja her zu laufen.

Ob sie bemerkte, dass er sie nicht zu allem mit eine Erklärung zutextete? Oder sprach er zu wenig, wirkte er traurig, spürte sie Schwere?

Er führte sie zum Friedhof an der Seestraße/Ecke Müllerstraße, zum Café *Moccachino*, direkt am Urnenfriedhof, ehemals ein Blumengeschäft. Der   Himmel hatte sich zur Feier des Tages in ein sanftblaues Seidenkleid gewandet. Der Lärm an der verkehrsreichsten Kreuzung im Wedding tönte heute nach den Berliner Philharmonikern.

Abendessen gab es im dämmerlichtigen Restaurant *Schäfer* in der Groninger Straße. Sie saßen an einem Vierertisch hinter einer großen Scheibe. Sie saßen sich gegenüber. Von der Straße war ein Paar zu sehen, das sehr liebevoll miteinander umging. Alle paar Minuten fasste Adaja nach seinen Hände. Er musste sich weit zu ihr beugen, um sie küssen zu können.

Später blickten sie zum Himmel. Der Mond war schon gegangen oder hatte sich verspätet. Aber alles Schöne stand in den Sternen geschrieben. Auf ihrer Insel hätte ein Haus aus Papier genügt. Neben einer Sanddüne, von der man nicht wusste, ob sie Anfang der Wüste oder Ende des Strandes wäre.

Sie liebten sich.

Sie schwebten.

Wieder einmal konnte er in letzter Sekunde verhindern, dass sie ganz und gar davonschwebte.

Sie schliefen zusammen ein.

Sie erwachten gemeinsam.

Nach dem Frühstück fuhren sie zum Savignyplatz, zwei sich liebende Flaneure, unter einem noch immer festlich gekleideten Himmel, den Blick frei über den Rand der Zeit.

Sie kehrten im *Zwiebelfisch* ein. Sie unterhielten sich und waren sich selbst genug. Er schlug vor, zum Tegeler See zu fahren, obwohl es zum Wannsee näher gewesen wäre. Sie hatte keine Einwände.

Am Tegeler See mischten sie sich unter die anderen Menschen, die sich an den ersten Frühlingstagen erfreuten. Sie entdeckten ein Café am Ufer. Er trank Kaffee, sie Tee. Er aß Kuchen, sie ein Eis. Er gab vor, auf die Toilette zu müssen, um im Café unbemerkt zahlen zu können.

Sie müsse noch bezahlen, sagte sie, als sie zum Gehen bereit war.

Er lächelte. Das sei bereits erledigt. Sie drückte ihm fünfzehn Euro in die Hand, die er nicht annehmen wollte.

Sie sagte, dann solle er sie liegen lassen. Sie legte das Geld auf den Tisch. Er nahm die beiden Geldscheine und steckte sie in seine Hosentasche. Wortlos und

Hand in Hand spazierten sie am Ufer entlang. Er wollte sie küssen. Sie zog den Kopf zurück. Sie bestimme, wann sie geküsst werden wolle.

Schweigen.

Schweigen.

Später versuchte er erneut, ihre Lippen zu berühren, dieselbe Reaktion. In der U-Bahn saßen sie nebeneinander und doch auf eigenartige Weise getrennt.

Sie liefen Hand in Hand. Vor den Osramhöfen an der Seestraße/Ecke Oudenarder Straße drehte er den Kopf zu ihr und sagte, sie sei sein Engel.

Plötzlich.

Und völlig unerwartet.

Er war perplex.

Ihre Hand klebte auf seiner Wange. Ein kraftvoller Schlag. Passanten blieben stehen und schauten. Er lachte, ein freudloses Lachen aus purer Verlegenheit.

Schweigen.

Sie saß in seinem Wohn- und Arbeitszimmer auf der Couch. Er stand unter der Dusche, behielt danach den Bademantel an, kochte nach demselben Rezept wie in Stuttgart.

Nach dem Essen sagte sie, sie wolle jetzt gehen.

Schweigen.

Er berührte sie, sagte, sie fühle sich so gut an.

Ja, ja, sie wisse es. An ihr fühle sich für ihn immer alles gut an.

Er schlug vor, seinen Heiligabend-Film anzuschauen.

Er legte die DVD ein.

Sie sagte, der Fernseher sei sehr klein.

Als sie *Lovesong for Bobby Long* zu Ende geschaut hatten, gab er den Vorleser. Er las eine Passage aus einem seiner Kinderbücher. Als er eine Weile gelesen hatte, bat sie um die Mondgeschichte. Vorher hatte er im Stehen gelesen, jetzt setzte er sich neben sie auf die Couch. Er las so langsam, wie er nur konnte und hoffte, die Mondgeschichte würde niemals ein Ende nehmen.

So schön, sagte sie.

43

Schweben.

Ein kleines Paradies im Garten Eden. Orchideenduft im Morgentau des Wonnelandes. Mit der Mondgeliebten, der einzigen, hoch und höher.

Und wie beim Vorlesen wünschte Strömberg sich, das Schweben höre niemals auf.

Sie sagte, so schön sei es noch nie gewesen.

Jeder wünschte dem anderen einen guten Schlaf. Nach einer kurzen Nacht begrüßten sie sich mit einem Kuss. Sie ging unter die Dusche. Er kümmerte sich um das Frühstück. Es gab Rührei, weil sie gerne Rührei zum Frühstück aß.

Schweigen.

Sie spülte das Geschirr. Er duschte. Als er fertig war, sagte sie, sie werde schon früher zum Flughafen fahren, allein …

Er fragte, ob sie mit ihm einen Spaziergang machen wolle.

Sie liefen zum Schillerpark und hielten fast zwei Meter Abstand. An ihrem Handgelenk fehlte das Armband. Er wollte nicht der Dumme sein, der alles bemerkte. Er sagte, der Schillerpark sei sein Park. Der Schillerpark sei der erste Volkspark gewesen, der den sozialen Erfordernissen entsprochen habe. Er stehe unter Denkmalschutz. Er wisse aber nicht genau, was es mit den sozialen Erfordernissen auf sich habe.

Schweigen.

In der Wohnung packte sie ihre Tasche. Er saß in der Küche und rauchte. Sie setzte sich dazu, so weit von ihm entfernt, wie es in der engen Küche möglich war.

Sie sagte, diese Schwere von Anfang an.

Sie habe es versucht, aber sie könne es nicht.

Ob er sich nun als Opfer sehe?

Er kenne sie anscheinend doch nicht so gut, wie er glaube.

Mit seinen Worten gelänge ihm alles, aber in der Realität sehe es oft anders aus. Sie könne noch mehr aufzählen, aber sie wolle ihn nicht verletzen.

Sie sei ihm nichts schuldig.

Er werde immer tief in ihrem Herzen verankert sein.

Schweigen.

Tränen.

Für Strömberg fühlte es sich an, als hätte sich eine Kettensäge in seinem Bauch in Bewegung gesetzt. Er telefonierte nach einem Taxi.

Im Flur umarmte Adaja ihn, als wäre er niemals ihr Liebster gewesen. Er wollte sie mit einem Kuss verabschieden, aber sie drehte den Kopf weg. Seine Lippen berührten die linke Wange. Er öffnete ihr die Tür. Nach zwei Stufen rief er nach ihr.

In seiner Hosentasche steckte noch das Geld, das sie ihm im am Tegeler See gegeben hatte.

Er sagte, sie solle damit das Taxi bezahlen.

Adaja drehte sich abrupt um. Von fern hörte er: Arschloch!

Strömberg knallte die Tür hinter sich zu.

Gegen Abend erhielt er eine Nachricht auf seinem Smartphone. Sie sei gut angekommen. Sie werde sich zurückziehen. Keiner von ihnen habe etwas falsch gemacht …

44

Es hat der Nachtwind mich gestreichelt,/ich stand am Meer und dachte, es seist du./Es schien der Mond mit weißem Licht,/die Welle kam und deckte alles zu.

Strömberg stand am offenen Fenster und sprach leise die Verse von Otto Reinhards. Er sprach mit dem Mond über die Vergänglichkeit der Worte. Er unterhielt sich mit Freund Merlot und hörte sich gelassen dessen zynischen Bemerkungen an. Er redete mit Adaja. Er sagte, er sei müde, er wolle schlafen, er habe es sich verdient.

An Adajas Geburtstag schickte er ihr Blumen. Sie rief bei ihm an und bedankte sich. Sie wirkte heiter. Sie sagte, er habe sich in Berlin so viel Mühe gegeben. Sie mailte ihm ein Bild von dem Geburtstagsstrauß und bedankte sich noch einmal für alles. Das klang endgültig.

Strömberg fand, der Strauß sähe auf dem Foto mickriger aus, als er ihn im Internet bestellt hatte.

Später beglich er einen Teil seiner Schulden bei ihr. Sie schrieb, wenn es für ihn okay sei, sei es für sie auch okay.

Strömberg durchlebte einen öden Sommer, den er überwiegend in seiner Wohnung mit dem treuen Merlot verbrachte. Die Nächte ähnelten einander. Es schien, als existierte er für Adaja nicht mehr, als hätte es niemals diese Vertrautheit gegeben.

Als der 7. November, der Jahrestag ihrer ersten Begegnung, näher rückte, buchte er ein Doppelzimmer in dem Hotel, in dem sie damals übernachtet hatten. Er schickte Adaja die Einladung. Sie antwortete mit einer SMS, er solle sie endlich in Ruhe lassen. Ein paar Stunden später folgte eine weitere SMS. Jemand schrieb, sie sei eine Freundin von Adaja. Adaja habe kein Interesse an ihm. Es sei daher kindisch, sie weiterhin zu behelligen ...

Strömberg packte am Jahrestag seine Tasche, auch die Mondgeschichte vergaß er nicht. Mit der U-Bahn war er in zwanzig Minuten am Hotel. Im Internet hatte er die möglichen Ankunftzeiten von Flugzeugen aus Zürich gecheckt.

Warten.

Er lag auf dem Bett. Der Fernseher lief. Er hatte den Ton so leise gedreht, dass er nichts verstand, damit er Adajas Klopfen nicht verpasste.

Warten.

Als der letzte Flieger in Tegel gelandet war, suchte er den *Zwiebelfisch* auf, trank ein paar Gläser Apfelwein und schlief dann einen leichten Schlaf.

Gegen neun Uhr saß er beim Frühstück. Er gönnte sich ein Glas Prosecco. Zwei Tische weiter saß ein Paar. Sie hatte einen Rollator neben dem Stuhl geparkt. Er schien um einiges älter zu sein als seine Partnerin. Der Kopf war tief gebeugt. Am Tisch lehnte ein Stock. Die alte Dame sah in Strömbergs Richtung und redete anschließend mit dem Mann. Er nickte.

Die Frau winkte einem jungen Mann vom Service. Darauf brachte er dem Paar zwei Glas Prosecco an den Tisch. Sie prosteten sich zu.

Strömberg lächelte und freute sich, dass er die beiden zu diesem Genuss animiert hatte. So wäre er gerne mit Adaja alt geworden, egal wo auf der Welt, liebevoll und schwanentreu.

Auf dem Weg zur U-Bahn fiel ihm ein, dass er noch kurz in der Buchhandlung im Bahnhof Zoo nach einer Lektüre für den Sonntag schauen könnte.

Er wog das Buch in der Hand, als würden Bücher nach Gewicht gekauft. Er hatte es von einem Stapel auf dem Bestsellertisch genommen: Adaja Lalaluna – *Die Frau im Schatten – ein erotischer Romantikroman* ...

Er trug das Buch zur Kasse. Zu Hause legte er sich ins Bett und begann zu lesen. Die Autorin hatte seine Vorlage extrem gut erweitert und vertieft. Was er geschrieben hatte, war von ihr wortwörtlich übernommen worden. Nur seinem optimistischen Schluss hatte sie eine andere Wendung gegeben. Die unbiegsame, gespürige und mimosenzarte Protagonistin blieb, wie sie von Anfang an war – frei wie ein Vogel.

Strömberg klappte das Buch zu und zog die Bettdecke über den Kopf. Adaja lag tausende Nächte weit entfernt, aber er würde auf der Insel auf sie warten. Was bedeutete die Ewigkeit gegen einen Moment absoluter Glückseligkeit?

Er sagte, ich liebe dich, meine liebste Mondgeliebte. Für immer ...

Epilog

Der Gnom, nahezu wieder ein Gnom, irrte durch den Garten der Träumer und suchte nach der unbiegsamen Rose. Nächtelang wartete er auf sie in seinem Versteck hinter einer der artifiziellen Pflanzen. Er hatte Fragen, die nur sie hätte beantworten können.

Wandelst du manchmal im Garten unserer Träume?

Vermisst du mich?

Atmest du den Duft der Blüten unserer liebevollen Fantasie?

Liegt noch ein Rest Sternenstaub dort, von wo aus wir ins Unendliche schwebten?

Weißt du noch? Unberührtes Land, grenzenlos und ohne die ausgelatschten Pfade, offen im Offenen. Zwei Liebende, die mit Sorgfalt und auf Nachhaltigkeit bedacht ihren ureigenen Traumgarten anlegten, den sie später zu einer Insel umgestalteten.

Die Worte kehrten eines Tages um auf den Lippen. Plötzlich ragten die Mondgeliebte und der Wortmaler tief hinein ins Schweigen und verirrten sich in den verworrenen Augenblicken, die geprägt waren von Missverständnissen und Verletzlichkeit.

Trotzdem, dachte Strömberg, wäre es falsch zu glauben, wir hätten uns nichts mehr zu sagen. Trotzdem wäre es ganz und gar falsch, die heimatlos gewordene Liebe nicht erneut in unseren Herzen zu beheimaten. Für immer.

Ich liebe dich!

Berühren dich die Geschichten noch, Adaja?

Adaja …

Die Nächte sind finster du

wirst mich finden

unter dem schwarzgewölbten Himmel

wenn du mich finden willst

meine kluge Turandot das Rätsel

bleibt ungelöst

nun gehe ich der schönen Turandot

voraus auf die Insel und beginne

vielleicht ein Gespräch mit den Fischen

oder schreibe ein langes Gedicht über

die Disharmonie der Stille oder ein Pamphlet

über die kurze allzu kurze Beständigkeit der Worte

begehrenswerte Turandot bei Vollmond ver

antworte ich das Ende aller Welten und wenn

die Delfine den Wortmaler beheimatet haben

wirst du mich finden unter dem schwarzgewölbten

Himmel wenn du mich finden willst Turandot

in der verkleinerten Unendlichkeit unserer Insel.

Der Gnom, nahezu wieder ein Gnom, bekam Besuch von einem Trauermantel. Der Tagfalter hatte samtigbraune Flügel mit hellgelben Rändern. Er setzte sich arglos auf Strömbergs Hand, still und selbstverständlich, als ob er endlich ein Zuhause gefunden hätte.

Ach, sagte Strömberg. Du auch?

Herbert Friedmann lebt als freiberuflicher Schriftsteller in Berlin. Er hat rund 100 Bücher für Kinder, Jugendliche und Erwachsene veröffentlicht. Friedmann hat unter anderem den Hans-im-Glück-Preis erhalten und war Esslinger Bahnwärter und Otterndorfer Stadtschreiber.

Herbert Friedmann

Der kleine Herr F.

Gedichte

Edition@melie

ISBN-13: 978-3734753619

FSC
www.fsc.org

MIX

Papier | Fördert
gute Waldnutzung

FSC® C083411

Zeitfracht Medien GmbH
Ferdinand-Jühlke-Straße 7
99095 Erfurt, Deutschland
produktsicherheit@kolibri360.de